„Wikingerwelten Band III" ist die Fortsetzung einer Sammlung von historischen Begebenheiten, bedeutenden Ereignissen und mythischen Geschichten aus der Welt der Wikinger, die durch die Phantasie des Autors noch einmal zum Leben erweckt werden.

Erzählt werden die Geschichten vom Ende des Ladejarls Hakon Sigurdsson, und die des jähzornigen Erik Thorvaldsson, den man den Roten nannte. Von dem listigen Loki, vom Wolf Fenrir und dem Kampf Thors gegen den Riesen Hrungir. Sowie auch die Saga von Ragnar Lodbrok und die Geschichte des Björn Asbrandsson und der Thurid.

Rainer W. Grimm wurde 1964 in Gelsenkirchen geboren und lebt auch heute noch mit seiner Familie und seinen beiden Katzen im Ruhrgebiet. Erst spät entdeckte der gelernte Handwerker die Liebe zur Schriftstellerei.
Als unabhängiger Autor veröffentlicht er seitdem seine historischen Geschichten und Romane, die meist von den Wikingern erzählen.

Rainer W. Grimm

*

WIKINGERWELTEN
BAND 3

*Historische Begebenheiten und mythische
Geschichten aus der Welt der Wikinger*

Bibliografische Information Der Deutschen Bibliothek:
Die Deutsche Bibliothek verzeichnet diese Publikation in der Deutschen Nationalbibliografie; detaillierte bibliografische Daten sind im Internet über http://dnb.ddb.de *abrufbar.*

Alle Rechte liegen beim Autor
© 2014/2025 Rainer W. Grimm
www.rwgrimm.bodautor.de
Verlag: BoD · Books on Demand GmbH,
Überseering 33, 22297 Hamburg, bod@bod.de
Druck: Libri Plureos GmbH,
Friedensallee 273, 22763 Hamburg
Titelgestaltung, Layout: RWG
ISBN: 978-3-7412-0748-8

Inhaltsverzeichnis

1. Vom Ende des Ladejarls 7

2. Lokis Erzählung 29

3. Thors Kampf mit dem Riesen Hrungir 37

4. Erik, den sie den Roten nannten ……...……….43

5. Fenrir, der Wolf…………………………….83

6. Die Saga von Ragnar Lodbrok ……………..91

7. Von Björn Asbrandsson und der Thurid ……..125

Ladejarl Hakon Sigurdsson
(Zeichnung von Christian Krohg 1852-19251

1. Vom Ende des Ladejarls

Einst saß auf dem Thron des Trøndelag ein König namens Harald Eriksson, den man Graumantel nannte. Er war der älteste Sohn des gefürchteten Erik Blutaxt und wurde von dem Dänenkönig, der zu dieser Zeit über Norwegen herrschte, als Kleinkönig in den Gau im Westen des Landes eingesetzt. Gemeinsam mit den Erikssöhnen hatte der König der Dänen im Jahr 960 n. Chr. das Land am Nordweg an sich gerissen, und die Söhne des Erik Blutaxt wurden seine Vasallen. So herrschte Harald Graumantel nun seit zehn Wintern über das kleine Reich, von Hardanger bis hinauf an die Grenze des Helgelandes. Doch es gab am Hof des Dänenkönigs einen Mann, der nicht weniger Anspruch auf den Thron des Gaus erhob und der zudem noch auf Rache sann. Sein Name war Hakon Sigurdsson, und er war der Sohn des Ladejarls Sigurd, den Harald Graumantel und sein Bruder Erling dereinst in seinem eigenen Haus verbrannt hatten.

Geschickt in seinen Handlungen und mit der Zunge, machte er sich beim König beliebt, und es gelang ihm, gegen den Graumantel zu intrigieren und üble Verleumdungen in das Ohr des Herrschers und Gönners zu flüstern. Harald strebe nach der alleinigen Macht in Norwegen und wolle sich von seinem Lehnsherrn lossagen, flüsterte er dem König ein. Als dann im Jahr 970 n. Chr. Harald Gormsson, der Blauzahn, zu einem Feldzug gegen die Franken rief, setzte Hakon alles daran, ihm die Stärke der Trøndner schmackhaft zu machen. So gelang es ihm, dass der Däne seinem Vasallen befahl, ein Heer aufzustellen und ihm in das Frankenland zu folgen.

Die Einflüsterungen des Trøndners waren also nicht ohne Erfolg geblieben, denn die Eigenmächtigkeit des

Graumantels war dem Dänen längst schon ein Dorn im Auge, und so beschloss der König, dass sein Vasall für seine Dreistigkeit büßen müsse.

Ein Feldzug in das Reich der Franken kam dem Norweger Harald Graumantel nicht ungelegen, denn seine Truhen bedurften einer neuen Füllung, so sammelte er ein großes Heer und machte sich auf den Weg nach Dänemark.
Doch im Limfjord geriet das Heer der Norweger in den Hinterhalt des Dänenkönigs und wurde vernichtend geschlagen. Viele Krieger zogen in Walhalla ein, unter ihnen war auch der Graumantel selbst, und so fiel das Trøndelag wieder gänzlich in die Hände des Königs der Dänen zurück.
So hatte Hakon Sigurdsson durch Lug und Trug seine Rache bekommen. Der Mörder seines Vaters war nun endlich tot! Und die Götter schienen ihm noch mehr Heil zu schenken, denn der Dänenherrscher gab ihm den Titel eines Jarls zurück und setzte ihn als Verwalter in den Gau am großen Trondheimfjord ein. Bald kam er wieder auf den Hof in Lade, der schon einmal seinem Vater Sigurd gehört hatte, und er begann diesen zu befestigen, so dass er bald einer großen Festung glich.
Einige Jahre regierte der Ladejarl den Gau, und sein Lehnsherr hatte ein wohlwollendes Auge auf seinen Vasallen, da dieser ohne zu murren und pünktlich die Steuern eintrieb, die dem Dänen die Truhen füllten.
Doch dessen war der Hakon längst überdrüssig!

Harald Gormsson, der Dänenkönig, hatte den Glauben der Christen schon vor langer Zeit angenommen, doch sein Bekenntnis zum Herrn Christus war nur halbherzig. Dies sollte sich im Jahre 974 n. Chr. jedoch ändern!

Bei einem Aufstand gegen seine Lehnsherrn Kaiser Otto II., verlor er die Gebiete an den Ufern der Schlei und gelobte, fortan ein wahrer Christ zu sein. So verlangte er nun, dass auch seine Vasallen den alten Göttern des Nordens abschwören sollten. Auch den Ladejarl Hakon erreichte natürlich der Befehl des Dänenkönigs, doch er war keineswegs bereit diesem Folge zu leisten. Die Drohungen des Dänen ließen den Norweger kalt, wusste er doch genau, dass sich Harald einen Feldzug nach den verlustreichen Kämpfen mit dem deutschen Kaiser nicht leisten konnte. Der Ladejarl blieb stur, verweigerte den Gehorsam und huldigte weiter den Asen.

Und es kam der Tag, da sprach sich Jarl Hakon Sigurdsson von seinem Lehnsherrn los, und es sollte noch schlimmer kommen, denn er eroberte auch große Teile von Hardanger und brachte viele Jarle und Häuptlinge auf seine Seite. Im Herbst mussten die Steuereintreiber Harald Blauzahns mit leeren Händen nach Roskilde zurückkehren, worüber der König sehr erzürnt war, doch ihm waren die Hände gebunden, und er musste den Treuebruch ungestraft hinnehmen.

Die Zeit verging, viele Sommer und Winter zogen über das Land, und das Volk des Trøndelag sowie das in Hardanger waren eigentlich recht zufrieden mit dem Gaukönig. Vor allem, da es Hakon gelang, den Dänenkönig von seinem Reich fern zu halten, während der Süden Norwegens unter der Knute Harald leiden musste. Da sagte er sich endgültig los von seinem einstigen Gönner Harald Blauzahn. Hakon Sigurdsson rief sich zum König über Westnorwegen aus und ließ sich von den Jarlen, Häuptlingen und allem Volk den Gefolgschaftseid schwören. Für einen Mann am Hof des Dänenkönigs war aber gerade dies ein großes Ärgernis, dass es rückgängig zu machen galt.

Sein Name war Sven, und viele nannten ihn abfällig den Sohn einer Magd. Seine Anhänger aber nannten ihn Gabelbart! Er war ein Sohn des Königs und strebte selbst nach dem Thron des Dänenreiches und aller abgabepflichtigen Ländereien. Sven aber wurde von seinem Vater wenig geliebt, und so kam es, dass sich die Dänen zerstritten. Sie stellten Heere gegeneinander auf, und bald schon war die Macht im Reich geteilt.

Die Pfaffen schrieben das Jahr 986 n. Chr., da fiel eine große Flotte der Jomswikinger, einem berüchtigten und gefürchteten Wikingerbund, der im Gebiet der Pommern, an den östlichen Ufern des Oderhaffes, eine große Burg sein Eigen nannte, in Norwegen ein. Durch eine List des Sven Gabelbart zu diesem kühnen Kriegszug gezwungen, segelten die Schiffe in das Trøndelag.

In einer Bucht der Insel Hød trafen die Flotten der Jomswikinger und die der Trøndner aufeinander, und es entbrannte eine große Schlacht. Doch die Zeichen standen nicht gut für den Ladejarl Hakon, und es ging um nichts weniger als seine Herrschaft. Da beschwor der selbsternannte Trøndnerkönig die Götter und opferte seinen Sohn Erling den Wettergöttinnen. Und diese erhörten ihn und sandten ein Unwetter, sodass die meisten Schiffe der Wikinger aus dem Pommernland auf den Grund des Fjordes sanken. Die meisten Anführer der Jomswikinger verloren ihren Kopf, und Sven Gabelbart musste auf die Herrschaft in Westnorwegen verzichten.

*

Es war der Frühsommer des Jahres 995 n. Chr., als sich die Lage für den König von Westnorwegen zuzuspitzen begann. Viele Jahre hatte der Ladejarl Hakon sein Volk im Namen des Dänenkönigs Harald Blauzahn ausgepresst, und dies ließ

auch nicht nach, nachdem er der Alleinherrscher geworden war. Hohe Steuern hatte er erhoben, war mit einem großen Gefolge von Hof zu Hof geritten und hatte es sich auf den Höfen der Jarls, der Großbauern und in den Dörfern gut gehen lassen.
Sommer für Sommer!
Auf seinem eigenen Hof, bei seinem Weib und seiner Familie, weilte er nur noch selten. Seit dem Tag im Jahre 985 n. Chr., an dem Hakon Sigurdsson sich von seinem Lehnsherrn Harald Blauzahn losgesagt hatte und sich zum König über Westnorwegen erhoben hatte, zog er mit seinem Gefolge, darunter seinen ältesten Söhnen Erik, Erlend und Sven, durch das Land am Nordweg. Dies tat er, um seinen Thron zu festigen, um die Jarle und Häuptlinge hinter sich zu scharen und sie zur Treue zu zwingen. Wollte der Ladejarl verhindern, dass die Häuptlinge abtrünnig wurden, so musste er diese wohl oder übel gut im Auge behalten. Allerdings gefiel es dem König nur zu gut, durch das Land zu reisen und sich auf den Höfen seiner Untertanen den Bauch vollzuschlagen. Es dauerte nicht lange, und die Freude über den hohen Besuch sank und wurde zu Angst.
Angst vor dem Verlust der eigenen Habe!
Das Schlimmste aber war die Gier des Königs nach den Weibern seiner Untertanen!
Er gab sich längst nicht mehr mit den Sklavinnen oder Mägden seiner Gastgeber zufrieden. Nein, er war der König! Ihm gebührten die Töchter des Hauses oder gar die Hausherrin selbst, wenn sie schön war. Und kaum ein Bauer wagte es, gegen den Herrn und seine Kriegerschar aufzubegehren.

Im Frühjahr war Jarl Hakon nach Melhus gezogen und tat sich dort auf den Höfen seiner Untertanen gütlich, als er von einem schönen Weib in Guldalen hörte. Die Leute nannten sie „die Sonne von Lunde".

Ihr Name war Gudrun, und sie war das Weib des reichen Bauern Orm. Je mehr der König nun von dem Weib erfuhr, die Menschen lobten ihre Schönheit in den höchsten Tönen, umso größer wurde sein Wille, diese auf sein Schlaflager zu holen. Also schickte er seine Krieger auf den Hof in Guldalen, um das sagenumwobene Weib nach Melhus zu schaffen.

„Dir wird eine große Ehre zuteil, Orm", sprach der Mann, den der Ladejarl nach Guldalen geschickt hatte, mit ruhigen Worten. „Der König hörte von der Schönheit deines Weibes Gudrun, und nun wünscht er, dass du sie ihm in sein Lager schickst. Es wird dein Schaden nicht sein!"

Doch Orm wollte sein Weib nicht kampflos hergeben. „Ist der Hakon völlig von Sinnen? Warum, beim Barte Odins, soll ich ihm mein Weib schicken? Damit er sich an ihr gütlich tut?" Der Großbauer konnte seinen Zorn kaum im Zaum halten und hätte der Hakon Sigurdsson persönlich vor ihm gestanden, so hätte er ihn mit dem Schwert Anstand gelehrt. „Geh zu deinem Herrn und sage ihm, er soll sich eine Sklavin nehmen, wenn es ihn juckt, oder von mir aus auch ein Schwein. Mein Weib bekommt er nicht!"

„Überlege gut, Orm", sagte der Bote warnend. „Der König könnte es dir übelnehmen!" „Und was dann?", rief Orm wütend aus. „Kommt er sie dann holen? Das soll er nur wagen, dann wird ihm kein Gott mehr sein Leben bewahren können! Und nun geh und sag das dem Hakon von Lade!"

Als der Bote den Hof verlassen hatte, sprach Orm mit beruhigenden Worten zu seinem Weib: „Niemandem wird es gelingen, Hand an dich zu legen! Keinem König und nicht einmal Odin selbst! Niemand außer mir wird sich an deinem Schoß erfreuen!"

Sofort rief der Bauer seine Knechte zu den Waffen und schickte seine Boten aus. Und Orm war weit bekannt als guter Nachbar und Freund! Also kam es, dass sich viele Krieger aus der Umgebung dem Bauern anschlossen, und mehr noch, die Nachricht vom schändlichen Verlangen des Königs und vom Widerstand des Bauern Orm gegen dessen Befehle machte im ganzen Trøndelag die Runde.

Die Bauern erinnerten sich der bösen Dinge, die sie selbst hatten ertragen müssen, waren nun auf das Äußerste erbost und erhoben sich zum Aufstand gegen ihren Herrn und König. Der Kriegspfeil ging von Hof zu Hof, und es sammelte sich schon bald darauf ein großes Heer, um der Willkürherrschaft des Jarl Hakon Sigurdsson ein Ende zu bereiten.

Bald schon erfuhr der Ladejarl von dem Bauernheer, das nach Melhus marschierte, und davon, dass sich ein Enkel des großen Königs Harald Schönhaar auf dem Wege befand, um der neue König über Norwegen zu werden. Die Jarle und Häuptlinge hatten einen Boten nach Irland geschickt, wo der Jarl namens Olaf in eine nordisch-irische Sippe eingeheiratet hatte, um diesem die Herrschaft über das westnorwegische Reich anzubieten. Der Mann war ein direkter Nachfahre des großen Königs Harald Schönhaar und hatte somit ein Anrecht auf den norwegischen Thron. So war damit zu rechnen, dass dieser mit einem großen Heer in den Trondheimfjord gesegelt kommen würde, und da floh der Ladejarl mit seinem Gefolge in das Hinterland. Nun hatte der Herrscher des Trøndelag das Heil der Götter und sein Königreich verloren.

Schon bald trennte der Ladejarl sich von seinen Kriegern, stellte einen Teil seines Heeres unter den Befehl seines Sohnes Erlend und schickte diesen nach Viggen. Dort lagen die drei Schiffe des Königs, die es zu beschützen galt. Sein

Plan war es zu warten, bis sich die Lage beruhigte, um dann mit den Schiffen in das Reich der Dänen zu fliehen.

Die anderen Söhne, Erik und Sven, zogen mit dem Rest der Krieger nach Örkedalen, um gegen das Bauernheer zu kämpfen.

Hakon Sigurdsson selbst, nur begleitet von seinem treuen Freund und Sklaven Tormod Kark, gingen allein, denn kaum jemand würde zwei einsame Wanderer behelligen.

Auf dem Hof eines Weibes namens Thora suchten sie Unterschlupf. Das Weib, seit frühester Jugend dem Hakon gewogen, war gern bereit, gegen eine gute Bezahlung diesem Obdach zu gewähren.

*

Eisig strich der Nordwind um das kleine Langhaus auf dem alten Hof, der inmitten des gebirgigen Hinterlandes des großen Trondheimfjordes lag.

Weit weg von der Handelsstadt Lade, in der, einer Burg gleich, von Palisaden und Wehrtürmen umgeben, der Hof des Hakon Sigurdsson stand. Groß und prächtig!

In einer Stadt in der nun wieder gefeiert wurde, ausgelassen und fröhlich. Und in der die Menschen wieder ihrer Arbeit nachgehen konnten, ohne die Angst, von den Schergen ihres Herrschers beraubt zu werden.

Es war wieder Ruhe eingekehrt in die Königsstadt Lade an den Ufern des Trondheimfjordes. Und auch die Jarle, die Großbauern und Häuptlinge waren wieder guten Mutes. Zwar herrschte noch Krieg im Lande, doch der neue König würde es richten. Er hatte es dem Volk versprochen!

„Es ist kalt, Tormod! Mich fröstelt. Los, hole Holz und schüre das Feuer", befahl der grauhaarige Mann, der vor der Feuerstelle inmitten des großen Raumes saß und gedankenverloren in die Flammen stierte. Mit zwei Fingern zwirbelte er das Ende seines langen Kinnbartes, in den ihm früher einmal von den Sklavinnen ein kleiner Zopf geflochten wurde. Doch nun gab es keine Sklavinnen mehr für den Jarl des Trondheimfjordes.

Zusammengesackt kauerte er auf dem alten Hocker, und nur für einen Moment waren seine Gedanken bei dem schönen Hochstuhl, den er vor nicht allzu langer Zeit noch sein Eigen nannte.

Ein Thron, der überreichlich mit Verzierungen beschnitzt war und einem Jarl[1] oder auch einem König gut zu Gesichte stand.

Seine einst kostbare Tunika war durch die lange Flucht in das bergige Hinterland zerschlissen und von Schmutz verunreinigt. Nein, von dem stolzen Ladejarl, König über Hardanger und das Trøndelag, war wenig geblieben. Der Held Norwegens, der dereinst die gefürchteten Wikinger von Jom im Kampf besiegte und ihre Schiffe in den Fluten des Fjordes versinken ließ, war nur noch ein Schatten seiner selbst. Er hatte das Heil, das ihm Odin und die Götter von Asgard[2] schenkten, leichtfertig verspielt.

„Aber das Feuer brennt doch gut und es wärmt auch schön", erwiderte der Angesprochene. „Vielleicht bist du nur müde, Hakon?"

Da fuhr der Alte hoch und rief erbost: „Widersprich mir nicht, Tormod! Noch bin ich dein Herr und König!"

Er erhob sich und ging durch den nur spärlich vom Feuer beleuchteten Raum bis zu einer der breiten Bänke, die längs der Halle aufgestellt waren. Dort lag ein Mantel aus dicker Wolle, er nahm diesen und legte sich das schöne Stück über seine Schultern. Tormod, der Sklave, schüttelte den Kopf

---

[1] Jarl – nordischer Adelstitel (engl. Earl)
[2] Asgard – Die Welt der Götter

und sah seinen Herrn nur noch mit größter Verachtung an.
Wie sehr hasste er diesen Mann, dem er schon so lange
diente. Der ihn mal wie einen Freund behandelte und dann
wieder wie seinen Sklaven, der Tormod ja auch war. Wie
lange war er nun das Eigentum dieses Mannes?
Es waren viele Winter über das Land gezogen, seit dem
Tage, an dem er mit einigen anderen Sklaven in den
Hausstand des Jarls gekommen war, und keiner von ihnen
hatte diese Zeit überlebt. Er selbst aber war zum
Leibsklaven geworden, begleitete Hakon Sigurdsson fortan
auf all seinen Fahrten, in wilde Kämpfe und zu Überfällen,
und auch wenn es darum ging, dem Herrn ein Weib auf das
Schlaflager zu legen, war er derjenige, der diesen Befehl
ausführte.
Irgendwann bekam er sogar von seinem Herrn ein Schwert,
und da eine eigene Waffe eigentlich ein Zeichen für Freiheit
war, zeigte diese Geste, welch großes Vertrauen der Jarl von
Lade in seinen Sklaven setzte.

Tormod verlies den Raum, und als er mit den Holzscheiten
an die Feuerstelle trat, saß Hakon immer noch schweigend
auf dem Hochstuhl. Doch nun hielt er sein geliebtes Schwert
in der Hand, ein kostbares Stück. Eines der wenigen
kostbaren Stücke, die ihm geblieben waren, und die er bei
seiner Flucht mit sich nehmen konnte. Geistesabwesend
strich seine Hand über die lederne Scheide und den dunklen
Griff, der mit goldenen Fäden durchwoben war. Seine
Hände liebkosten die mit silbernen Ornamenten verzierte
Lederscheide fast wie den Körper einer Frau.
Der Sklave sah den König mit durchdringendem Blick an.
Dieser geile, alte Bock, dachte Tormod Kark bei sich. Jedes
Weib im Land kannst du besitzen, so hast du einst geprahlt,
und wohin hat uns das gebracht?

Jetzt saßen sie nicht mehr auf dem großen Hof in Lade, sondern tief im Hinterland in Romol, auf dem Gehöft der Thora, einer guten Vertrauten des Ladejarls. Das Weib war gleichen Alters wie der Hakon, und sie war Witwe, denn ihr Gatte war im Kampf auf der Insel Hød zu den Göttern gegangen. Nun betrieb sie den Hof nur mit der Hilfe eines alten Knechtes und einer jungen Magd. Und manchmal hatte der König sogar den Weg auf den kleinen Hof gewählt und der Thora beigewohnt. So hatte diese nun ihren Freund und Liebhaber nur zu gern bei sich aufgenommen.

Gefangen wie die Maus in der Falle und erbittert gejagt von den Häschern dieses Christenkönigs Olaf, musste Hakon in Romol verweilen und hoffte darauf, dass seine Söhne den Kampf mit dem Tryggvesson aufnehmen würden.
Hier schienen sie sicher zu sein, bis man ihn holen würde. Kamen Fremde auf den Hof, versteckte sich der einstige König mit seinem Sklaven in einem Verhau unter dem Schweinestall und hoffte darauf, nicht entdeckt zu werden. Doch dies kam nur selten vor und blieb dann ohne Gefahr. Dann aber kam an einem regnerischen Tag ein Mann mit zwei Begleitern auf den Hof geritten. So verschwanden Hakon und Tormod wieder einmal in dem Verschlag, doch diesmal kamen die Fremden dem Versteck gefährlich nahe. An dem Gatter des Schweinstalles zügelten sie ihre Pferde und stiegen aus dem Sattel. Sofort eilte Thora herbei, und der eine Fremde grüßte sie freundlich, aber mit strengem Blick. „Bist du die Herrin des Hofes?", fragte er, und das Weib nickte. „Dann bist du Thora!" Wieder nickte das Weib und sprach dann: „So kommt doch in mein Haus, es riecht hier wenig angenehm. Und einen Trunk könnte ich euch auch reichen." Da grinste der eine Mann und wollte sich anschicken, dem Weib zu folgen, doch der Anführer hielt ihn zurück: „Was ich zu sagen habe, dauert nicht lang, und

wir haben es eilig!" Mit einem beleidigten Blick trat der Mann zurück zu seinem Pferd. „Man erzählte uns, der Ladejarl sei oft dein Gast. Ist das wahr, Weib?" „Oh, dies ist lang her", log Thora, ohne dabei ihr Gesicht zu verziehen. „Seitdem mein Gemahl an den Tisch Odins gerufen wurde, gab es für den König keinen Grund mehr, hierher zu kommen." Der Krieger sah erst das rothaarige Weib prüfend an und blickte dann zu seinen Begleitern. „Nun, wenn dem so ist, höre, Weib. Jarl Olaf, der der neue König sein wird, hat eine hohe Summe auf den Kopf des Ladejarls ausgesetzt, und wenn ich mich so umsehe, könnte dir dieser Lohn gut zu Gesichte stehen! Also sollte der Kerl hierherkommen, so schicke deinen Knecht mit einer Nachricht nach Lade, und wir werden ihn uns holen. Dann bist du ein reiches Weib, Bäuerin!"

Leise atmend saßen der einstige König und sein Sklave unter den dünnen Brettern und verstanden jedes Wort des Boten. Mit einem ernsten, misstrauischen Blick sah Hakon den Sklaven an, um in den Augen des Tormod zu lesen. Dieser versuchte durch die Ritzen der Bretter einen Blick auf die Krieger des neuen Königs zu erhaschen und nahm den Blick seines Herrn nicht wahr.

Die drei Boten des Jarl Olaf schwangen sich auf die Pferde. Der Anführer zog die Zügel an und rief der Thora zu: „Und bedenke, sollten wir erfahren, dass du dem Hakon Zuflucht gewährst, wird es dich deinen Kopf kosten!" Der Mann schlug seinem Pferd die Hacken in die Flanke und preschte, gefolgt von seinen Begleitern, vom Hof der Thora.

*

So wie fast an jedem Abend der letzten Wochen, saß Hakon Sigurdsson auf seinem Hochstuhl und betrank sich, um danach mit dem Weib Thora in der hinteren Kammer des

Hauses zu verschwinden. Und der Sklave Tormod wusste natürlich auch, was in der Kammer geschah, denn die Wollust des Jarls hatte sie ja schließlich in diese Lage gebracht. Doch an einem Abend sollte es anders kommen. Der einstige Jarl von Lade hob den hölzernen Becher und hielt diesen seinem Sklaven Tormod entgegen. Dieser nahm den Krug vom Tisch und füllte das Gefäß, obwohl Tormod der Meinung war, dass Hakon bereits genug getrunken hatte, bis zum Rand. Und auch der Herrin des Hauses, Thora, schüttete er nach, dabei huschte ihm ein Grinsen über das Gesicht, denn er stellte sich vor, dass das Weib sich den Hakon erst schön saufen musste, bevor sie ihn auf sich ertragen konnte. Irgendwann am Abend erhob sich das Weib und verließ das Haus, um einer Notdurft nachzukommen. Schließlich hatte sie nicht weniger getrunken als ihr alter Freund. Da winkte der Hakon seinen Sklaven heran. „Tormod, alter Wegbegleiter. Morgen gehst du und suchst mir ein jüngeres Weib." Er war sehr betrunken und beugte sich vor. „Thora ist ja kein schlechtes Weib, aber sie stellt mich nicht mehr zufrieden. Also besorg mir eine Jüngere!" Da stieg in dem Sklaven die Wut empor, und er sah seinen Herrn böse an. „Uns sind die Häscher auf den Fersen, und du denkst nur an deinen Schwanz! Wir müssen sehen, wie wir hier fortkommen, es hat nun ein Ende mit deiner gierigen Jagd nach den Weibern!"
Da sprang der betrunkene Mann von seinem Stuhl auf und versuchte nach dem Sklaven zu schlagen, doch dieser wich dem Schlag geschickt aus. „Du hast zu tun, was ich dir befehle, du Lump!", rief der immer noch stattliche Jarl erzürnt, und dann traf seine Faust doch noch den Sklaven in sein Gesicht. Da ergriff Tormod ein großes Holzscheit, das vor der Feuerstelle lag, und schlug dieses dem Hakon über den Schädel. Der Ladejarl verdrehte seine Augen, er taumelte zurück, fiel auf den Boden und verlor sein

Bewusstsein. In größter Wut umklammerten die Hände des Sklaven nun den Hals des Ladejarls und würgten diesen, bis alles Leben aus dem Mann gewichen war.
Plötzlich wurde die Tür geöffnet und die Thora trat ein. Sie sah den Jarl in seinem Blut auf dem Boden liegen, erschrak fürchterlich und schrie auf. Da fuhr sie der Sklave drohend an: „Schweig, Weib! Oder ich schicke dich mit ihm zur Hel!" Da wandte sie sich um und lief kreischend aus dem Haus. Vom Geschrei seiner Herrin alarmiert stürzte der alte Knecht in den Raum und sah den Tormod vor dem leblosen Körper Jarl Hakons stehen. In den Händen hielt der Sklave das kostbare Schwert seines Herrn, und als er den Knecht bemerkte, riss er dieses aus der Scheide, drohte dem Alten und rief: „Verschwinde, Mann, wenn dir dein Leben lieb ist!" So floh auch der Knecht aus dem Haus und mit ihm die junge Magd.

„Hast du die Worte des Boten gehört, Hakon?", fragte Tormod den Toten mit ruhigen Worten.
„Hast du sie gehört?", schrie er den Ladejarl nach einem Moment des Schweigens an, als sei er darüber erbost, dass dieser ihm nicht antwortete. „Der neue König wird sich deinen Kopf eine Menge kosten lassen, alter Freund." Er sah den toten König nachdenklich an, blickte in die starren Augen, die zur Decke des Raumes stierten, und sprach leise zu sich: „Ich werde frei sein! Frei und reich!"
Er legte das Schwert auf den Boden, dann beugte Tormod sich langsam zu seinem toten Herrn und einstigen Freund herab und begann gierig, die Ringe von dessen Fingern zu ziehen. Er riss das kleine Ledersäckchen vom Gürtel des Hakon und ließ die Schmuckstücke darin verschwinden. Bis auf einen kleinen Silberring, den er sich an den kleinen Finger seiner linken Hand steckte. „Das gute Stück hat mir schon immer gefallen, und du brauchst ihn ja nicht mehr."

Ein hässliches Grinsen huschte über das Gesicht des Sklaven, er griff nach dem Schwert und erhob sich. Langsam trat Tormod an den Tisch, nahm den Becher des Ladejarls und füllte diesen mit Bier aus dem Krug. Genüsslich ließ er sich das Gesöff in die Kehle laufen, stellte den geleerten Becher auf den Tisch, rülpste laut und wandte sich dann wieder dem Toten zu. „Dieser Jarl Olaf will deinen Kopf, also bringe ich ihm deinen Kopf!" Langsam setzte der Mörder ein Bein vor das andere, ergriff den Körper des toten Trøndnerkönig und legte diesen bäuchlings auf einen Schemel. Nun zog er das Schwert Hakon Sigurdssons aus seinem Gürtel, umklammerte den Griff mit beiden Händen, und hieb mit aller Kraft die Klinge dem Toten auf den Nacken. Das Blut spritzte aus der Wunde, dem Tormod bis in sein Gesicht, und erst ein zweiter Schlag ließ das Haupt des einstigen Herrn über den Boden rollen.

Schwer atmend wischte sich der Sklave mit dem Ärmel seiner Tunika über das Gesicht, eilig verließ er den Raum und kam kurz danach mit einem Sack in der Hand zurück. Dann ergriff er das Haupt bei den langen, grauen, vom Blut verschmierten Haaren, und ließ es in dem Leinensack verschwinden.

Einige Tage waren vergangen, da betrat Tormod Kark die Stadt Lade, die er vor nicht allzu langer Zeit fluchtartig verlassen musste. Und da man ihn aller Orten kannte, schließlich war er einmal der ständige Begleiter seines Herrn, des Königs, gewesen, beschloss der Sklave, sich sogleich zum Königshof zu begeben, bevor man ihn ergreifen würde, schließlich wollte er aus freien Stücken vor diesen fremden Jarl treten. Jarl Olaf Tryggvesson hatte sein Quartier auf dem großen, burgähnlichen Hof der Sippe des Ladejarls bezogen, denn es schien als sicher, dass man diesen zum neuen König ausrufen würde. Die Familie des Hakon behandelte er gut, stellte dem Weib und den Kindern, mit all ihrem Gesinde frei, den Hof zu verlassen oder eines der Nebengebäude zu beziehen.

Tormod machte sich auf den Weg durch die Stadt, deren mit Holzplanken ausgelegte Straßen vom Hafen herauf zum großen Marktplatz führten. Hütten und Häuser, in denen die Menschen wohnten und ihrem Handwerk nachgingen, standen dicht gedrängt nebeneinander, je näher er dem Stadtkern mit dem Königshof kam. Gedankenschwer setzte er einen Fuß vor den anderen, einen großen Sack auf dem Rücken und sein Bündel geschultert. Mit welchen Worten sollte er vor den Jarl treten? Plötzlich stand er vor der westlichen Palisade des Hofes, und langsam überkam ihn ein ungutes Gefühl, doch die Gier nach dem versprochenen Reichtum war größer als die aufkommende Angst.

Ohne länger darüber nachzudenken, ging er zu dem großen, hölzernen Tor, vor dem zwei Wachen standen.

Tormod kannte die Männer nicht, sie mussten Krieger aus dem Gefolge des Jarls sein. „Aber natürlich sind es die Krieger des Jarl Olaf", dachte Tormod und musste über seine eigene Dummheit den Kopf schütteln. Alle Krieger des Jarl Hakon waren ja mit Sven, Erlend und Erik fortgezogen, um sich dem Bauernheer zum Kampf zu stellen. Es schien dem Tormod als seien nicht viele mit dem Leben davongekommen.

„Was willst du, Mann?", fragte der eine Torwächter, er hatte einen langen Bart und ebenso langes Haar, unfreundlich. „Ich bin Tormod Kark und wünsche, vor den Jarl geführt zu werden!", forderte der Sklave mit fester Stimme. Der Wächter sah an dem Bittsteller herunter, und sein Blick fiel auf das kostbare Schwert, das eigentlich gar nicht zu der Erscheinung des Mannes passte. Aber er trug eine Klinge, also war er ein Freier!

„Was willst du von unserem Anführer?", mischte sich jetzt der zweite Wächter ein. „Du solltest schon einen guten Grund haben, wenn du vor Olaf treten willst!"
„Nun, ich hörte, er sucht nach dem Ladejarl Hakon und ist gewillt, einen guten Preis für seinen Kopf zu zahlen."
„Und du weißt, wo sich der Hakon aufhält?", fragte der Bärtige und schien den Worten des Tormod wenig Glauben zu schenken. „Warte hier!", befahl da der andere und verschwand in dem Hof, den Tormod nur zu gut kannte.
Der bärtige Wächter stierte den Mann mit dem Bündel über der Schulter und dem Sack auf seinem Rücken schweigend an. Er sah keinen Grund, um mit dem Fremden ein Gespräch zu beginnen. Doch plötzlich sprach er: „Was hast du in dem Sack?"
Tormod erschrak einen Moment, wandte sich dann dem Krieger zu und antwortete: „Hakon Sigurdsson!"
Der Wächter sah den Fremden mit bösem Blick an und brach urplötzlich in lautes Gelächter aus.
„Was ist denn hier los?", fragte der zweite Wächter, der zurückgekehrt war. Er schien seinen Kameraden selbst nicht allzu oft lachend zu erblicken und sah ihn darum ungläubig an. „Der Kerl ist ein wahrer Spaßvogel", gluckste er, und es lief ihm eine Träne über sein Gesicht. Der andere Krieger schüttelte nur mit dem Kopf, sah den Tormod an und befahl diesem streng: „Komm!"
Die beiden Männer gingen über den großen Hof, direkt auf das Langhaus, in der sich die gewaltige Methalle des Königs befand, zu. Vorbei an Stallungen, an zahlreichen kleineren Gebäuden, wie einem Gesindehaus, zwei Langhäusern für die Leibwache des Königs, in der nun die Besatzungen der drei Schiffe hausten, die Jarl Olaf mit sich gebracht hatte. Sie waren seine treue Gefolgschaft, hatten ihm den Eid geleistet, sie würden für ihn einstehen und kämpfen, wenn dies von Nöten wäre. Auch gegen die Trøndner!

Als Tormod seinen Fuß auf die Türschwelle setzte, hielt ihn der Krieger am Kirtel zurück. „Nicht so eilig, Kerl!", grunzte er den vermeintlichen Freien an. „Wage es nicht, dem Jarl zu nahe zu treten, das könnte dich dein Leben kosten! Halte Abstand und rede nur, wenn Olaf dies von dir verlangt!" Tormod Kark nickte stumm mit seinem Kopf, und plötzlich zweifelte er an seinem Vorhaben. Seine Gier aber ließ ihn sein plötzliches Misstrauen schnell wieder vergessen.
Der Krieger öffnete die große Pforte, und sie traten ein. Ein merkwürdiges Gefühl überkam den Sklaven hier in diesem Gebäude. War es sein Gewissen, das da in seinem Inneren aufschrie?
„Hier entlang", forderte der Krieger Tormod auf, ihm zu folgen. Sie gingen durch den Vorraum, der in die große Halle führte. Einen Weg, den der Sklave schon unzählige Male gegangen war, das konnte dieser Wachmann natürlich nicht wissen.
Und dann betraten sie die große Methalle, und den Sklaven überkam ein warmes Gefühl, als würde er heimkehren.
„Warte hier", befahl der Krieger und ging durch den langen Raum, bis er vor dem Hochstuhl stand, auf dem Jarl Olaf saß. Dieser sprach gerade mit seinen Beratern und ließ den Krieger warten, dann aber wandte er sich dem Mann zu und sprach etwas. Der Krieger drehte sich zu dem Fremden und winkte diesem, er möge nähertreten.
Schweigend stand der Sklave Tormod Kark vor dem Hochstuhl, auf dem viele Jahre lang sein Herr gesessen hatte. Jarl Olaf musterte den Mann von oben bis unten, und so wie dem Wachmann auch, fiel ihm das kostbare Schwert ins Auge, das so gar nicht zur abgerissenen Kleidung des Fremden passte. „Wer bist du? Was führt dich vor meinen Stuhl?", fragte der Jarl mit ruhiger Stimme. Olaf schien dem Tormod noch recht jung, und tatsächlich zählte der blonde

Mann gerade einmal fünfundzwanzig Winter. Es eilte ihm der Ruf voraus, ein mutiger und auch gerechter Anführer zu sein. Lange Zeit war er als Wikinger und Krieger umhergezogen, und die Leute behaupteten, dass er sogar einmal eine polnische Prinzessin gefreit hatte.
„Nun, was ist?", wurde der Jarl ungeduldig, da der Sklave nicht sofort geantwortet hatte.
„Mein Name ist Tormod Kark, und ich war einmal der Sklave des Ladejarls Hakon!" Ruhig sah der Jarl den Sklaven Tormod an und ließ diesen fortfahren. „Lange Zeit war ich gezwungen, Hakon Sigurdsson zu dienen, und so musste ich auch mit meinem Herrn in die Berge fliehen."
„Du warst an der Seite des Ladejarls?", fragte Olaf erstaunt, und Tormod nickte.
„Er ist dein Herr, sagst du? Dann bist du ein Sklave!"
Jarl Olaf sah den Mann nun mit durchdringendem Blick an. Er zeigte auf das Schwert und fragte: „Du bist ein Sklave und trägst ein Schwert? Das Schwert deines Herrn, vermute ich!" „Oh nein, Jarl Olaf, dies Schwert ist das meine", log Tormod frech, aber das Gesicht des Jarls hatte sich jetzt zusehends verfinstert. „Ich denke jetzt, ich weiß, was du willst! Du weißt wo sich Hakon Sigurdsson aufhält?"
„Mir kam zu Ohren, dass du bereit bist, für den Kopf des Hakon Sigurdsson eine hohe Summe zu zahlen, und so bringe ich dir, wonach du verlangst, Jarl!" Voller Stolz zog er den Sack von seinem Rücken, öffnete diesen und entnahm ihm einen prall gefüllten Lederbeutel.
Er entknotete die Riemen, griff in den Beutel und zog an den Haaren den Kopf des Ladejarls Hakon Sigurdsson in die Höhe. „Nun brauchst du nicht mehr weitersuchen", sprach er grinsend. Jarl Olaf sah in die toten Augen des Mannes, der vor nicht allzu langer Zeit noch als König über das Trøndelag geherrscht hatte. Nach einer Weile wandte er sich einem seiner Krieger zu. „Sorge dafür, dass der Kopf zu

seinem Körper findet, und dann verbrenne ihn mit allen Ehren, die einem König zustehen!" Der Krieger nickte. „So soll es geschehen, bei Odin!" Er nahm dem Sklaven das Haupt aus der Hand und ließ es wieder in dem Lederbeutel verschwinden.
„Nun erwartest du deinen Lohn", stellte Olaf mit kalter Stimme fest. Langsam erhob er sich, winkte einige Krieger heran. „Seht euch diesen Kerl an. Seht ihn euch genau an. Dieser Mann hat den König des Trøndelag getötet! Ein Sklave!" Plötzlich brach es wütend aus dem Jarl heraus: „Beim Bart des Einäugigen und beim Hammer des Thors! Ergreift diesen Kerl, der es gewagt hat, einen König zu töten!" Sofort griffen die Krieger zu, nahmen das Schwert des Tormod und drückten diesen auf seine Knie hinunter. „Du elender Krähenschiss! Du bist ein Sklave und hast es gewagt, deinem Herrn das Haupt herunterzuschlagen. Bei allen Göttern, das sollst du mir büßen, Kerl!"
Tormod Kark brachte kein Wort mehr hervor, wagte es auch nicht mehr, den Jarl anzublicken, und starrte auf den staubigen Boden der großen Halle.
„Legt dem Dreckskerl seinen Kopf zwischen die Beine", befahl Olaf Tryggvesson wütend. „Auf der Stelle!"
Die Krieger ergriffen den Sklaven und schleppten ihn aus der Halle. In dem Vorraum, den Tormod vor kurzem als freier Mann betreten hatte, schlug einer der Krieger dem Sklaven auf die Schulter und sprach grinsend: „Jetzt bekommst du deinen ersehnten Lohn!"

Sie führten den Sklaven in den Hof hinter dem Langhaus, dort warteten die Krieger auf Jarl Olaf. Dieser trat auch kurz darauf, gefolgt von einigen Männern und einem Weib, zu der Stelle hinzu, an der Tormod Kark sterben sollte.

„Dies ist der Kerl, der deinen Mann tötete", sprach der Jarl und zeigte auf den Gefangenen. „Er besaß die Frechheit, mir seinen Kopf zu bringen!"
„Du, Tormod?" Das Entsetzen war dem Eheweib des Hakon Sigurdsson auf das Gesicht geschrieben. „Du warst doch sein Freund! Wie konntest du so etwas tun?"
„Sein Freund, sagst du?" Der Sklave lachte bitter. „Ich war sein Sklave, und er hat mich nicht weniger gequält als dich und die Deinen", sprach Tormod mit fast sanfter Stimme. „Bedenke, was er tat. Er nahm dir den Sohn und opferte das Kind wie ein Stück Vieh einer Göttin. Das kann doch nicht dein Wille gewesen sein, Weib? Wann sahst du deinen Gatten zum letzten Mal? Wie viele Winter ist es her, dass er bei dir lag und nicht bei einer anderen?" Er sah das Weib seines getöteten Herrn flehend an. „Hilf mir! Verzeih mir!"
„Mögen dir die Götter verzeihen", sprach sie ruhig und mit traurigem Blick. „Ich kann es nicht!"
Dann wandte sie sich ab und ging. Da sah Jarl Olaf seine Krieger streng an und sprach: „Führt aus, was ich euch befahl!"
Die Männer warfen den Unfreien auf die Knie, und der eine, der das Schwert des Hakon Sigurdsson in seiner Hand hielt, zog dieses aus der kostbaren Scheide.
Er sah den verurteilten Sklaven an und sprach: „Dies Schwert gehörte dem König, den du getötet hast. Es ist also nur recht, dass diese Waffe dich richtet! Möge dich die Hel in ihrem Reich aufnehmen!"
Ohne zu zögern ergriff er das Schwert mit beiden Händen, ließ es einmal durch die Luft kreisen und schlug dann zu. Der Kopf des Tormod Kark war mit einem Hieb von seinem Rumpf getrennt und flog über den Hof, sodass einer der Männer ihm hinterherlaufen musste.

Mit dem tropfenden Haupt trat er an den Leichnam und legte es dem Tormod zwischen seine Beine. Jarl Olaf Tryggvesson nickte zufrieden.

Nachdem der neue Jarl in Lade den Körper des Hakon Sigurdsson hatte auf den Hof schaffen lassen, ließ er diesen, in seine besten Gewänder gekleidet, mit seinem Schwert in Händen, Schild, Helm und Lanze an seiner Seite, in allen Ehren, die einem König gebührten, auf einem Scheiterhaufen verbrennen.

*

3. Lokis Erzählung

Lokka táttur – Färöische Volksballade frei erzählt

1. Odin

Fast die ganze Nacht klapperten die Würfel auf dem alten Tisch im Haus des Bauern. Hätte ihn jemand gefragt, warum er sich auf dieses gefährliche Spiel mit dem Riesen eingelassen hatte, so wäre der Bauer die Antwort sicher schuldig geblieben.
Der lederne Becher knallte auf den Tisch, und die Würfel tanzten heraus. Wieder und wieder! Schon schickte die Sonne ihre hellen Strahlen über den Horizont, als endlich das Spiel endete. Donnerschlag gleich, schlug der Riese mit seiner behaarten Faust auf den Tisch und rief grollend: „Ich habe das Spiel gewonnen, Bauer, und als Preis verlange ich deinen Sohn!" Böse grinste der Unhold, und der Bauer erschrak auf das Heftigste, er ahnte, dass es seinem Kind nicht gut ergehen würde. Mit bleichem Antlitz sprach der Bauer: „Meinen Sohn verlangst du? Nimm, was du willst! Nimm meine beste Kuh, oder nimm mein fettestes Schwein. Ich gebe dir den Ochsen, ja den Ochsen! Doch ich bitte dich, lass mir meinen Sohn!"
Da lachte der Riese und sprach mit tiefer Stimme: „Ich will nicht dein Vieh, ich will deinen Sohn, denn sein Fleisch ist zart. Nichts kann ihn vor mir schützen!" Böse sah der Riese den Bauern an. „Wenn zwei Tage vergangen sind, werde ich mir meinen Gewinn holen, Bauer!"

Größte Angst überkam den Bauern, und die Schelte seines Weibes ertrug er obendrein. Da fluchte der Mann über seinen Fehler und weinte Tränen der Wut.
Da rief der Bauer seinen Knecht herbei und befahl: „In den Wald sollst du gehen und den Odin bitten, dass er uns beistehen mag in unseren Sorgen. Er kann unseren Sohn vor dem Riesen verbergen. Ja, wäre der König der Asen[3] hier, so schützte er ihn mir!"
Kaum hatte er die Worte gesprochen, öffnete sich die Tür seines Hauses und ein Mann trat ein. Der Alte hatte einen langen, grauen Bart, eines seiner Augen war von einer ledernen Klappe verdeckt, und er war in einen blauen Mantel gewandet, der bis hinab auf den Boden reichte. Auf dem Kopf trug er einen Schlapphut, und in seiner Hand hielt der Alte einen gedrehten Wanderstab. Langsam trat er an den Tisch.
Den Anwesenden war der Schreck auf die Gesichter geschrieben, doch der Bauer fasste sich und sprach: „Höre mich an, Odin! Ich bitte dich, verstecke meinen Sohn vor dem Riesen, auf dass er ihm kein Leid zufüge." Durchdringend traf der Blick des einäugigen Gastes den des Bauern. Wortlos nahm der Allvater das Kind und ging.
Voller Sorge folgten die Eltern dem Asenkönig über die Schwelle ihrer Hütte, doch dieser war verschwunden, und mit ihm das Kind. Nur zwei Raben kreisten über dem Dach der Hütte, und ihr Schrei fuhr dem Bauern und seinem Weib bis in die Knochen hinein.

Noch in derselben Nacht zeigte der Allvater seine Macht, und ein Kornfeld erwuchs nicht weit des Hofes. Inmitten des großen Feldes verbarg er den Knaben als

---

[3] Asen – Göttergeschlecht mit Odin als Oberhaupt

kleines Korn in einer Gerstenähre. „Stehe hier unbesorgt und ohne Furcht", sprach Odin. „Doch wenn ich dich rufe, so komm heraus." Dann verschwand der König der Asen.

Der Riese aber ließ nicht ab und schlug mit dem Schwert die Ähren nieder, sammelte die Körner und prüfte jede einzelne Frucht. Den Knaben wollte er erschlagen, und er sollte ihm munden!
Da sprang ihm ein Korn aus der Hand, und plötzlich stand der Knabe vor dem Riesen. Da grinste dieser böse und wähnte sich am Ziel. In höchster Not und Angst rief der Knabe nach dem Allvater, und wie aus dem Nichts erschien Odin, nahm den Knaben und trug ihn fort.
Während der Riese noch vor Wut tobte, schlossen der Bauer und sein Weib ihr Kind in die Arme.
„Hier ist euer Sohn", sprach der König der Asen mit wohlwollendem Blick. „Doch rufe nicht wieder nach mir, Bauer, denn mein Schutz ist vorüber."

2. hönir

Dem Bauern aber war es immer noch nicht wohl, und so rief er seinen Knecht. „Geh und trage dem Gott Hönir unsere Sorgen vor. Er könnte mein Kind wohl verbergen, und er vermag es zu schützen vor der Gewalt des Riesen!"
Kaum hatte er die Worte gesprochen, wurde die Tür der Hütte geöffnet, kühler Wind wehte hinein, und ein Mann trat ein. Mit strengem Blick trat der Fremde an den Tisch. Da sprach der Bauer: „Höre mich an, oh Bruder Odins! Ich bitte dich, verstecke meinen Sohn vor dem Riesen!" Ein durchdringender Blick traf den Bauern,

doch der Gott Hönir nahm das Kind und verließ wortlos die Hütte.

Am Rande des Waldes, nicht weit der Fluten des Fjordes, standen Hönir und der Knabe. Sieben Schwäne überflogen den blauen Himmel über dem Sund. Da erhob der Gott seine Hand, und zwei der großen Vögel trennten sich von dem Schwarm, flogen gen Osten und ließen sich neben dem Hönir nieder. Da verwandelte der Gott den Knaben in eine Flaumfeder, versteckte ihn am Kopf eines der Schwäne und sprach: „Hier sollst du sorglos verweilen, Kind, doch wenn ich dich rufe, so kommst du hervor!"

Da kam der Riese, groß und von böser Natur, in den Wald, und als die Schwäne über den Fjord flogen, da griff er zu und pflückte einen der Vögel vom Himmel herab. Kräftig schlug er dem Tier seine Zähne in den Hals, biss hinein wie in einen reifen Apfel, und das schneeweiße Gefieder färbte sich rot vom Blut.

Da flog eine kleine Flaumfeder vom Maul des Riesen zu Boden, und der Knabe erhielt seine wahre Gestalt zurück. Nun grinste der Riese böse und wähnte sich am Ziel, doch der Knabe rief in höchster Not nach dem Hönir. Wie aus dem Nichts erschien der Gott und trug den Knaben heim.

Die Eltern liebkosten ihr lebendes Kind, doch Hönir sprach mit strenger Stimme: „Rufe mich nicht wieder, Bauer, denn mein Schutz ist nun vorbei!"

3. Loki

Der Riese aber dachte gar nicht daran, von seinem schändlichen Ansinnen abzulassen. Da rief der Bauer nach seinem Knecht und sprach: „Geh und trage dem

Loki unsere Sorgen vor, denn ich wünschte, dieser würde sich unser annehmen."

Kaum hatte der Bauer ausgesprochen, öffnete sich die Tür der Hütte, und begleitet vom wilden Wind, trat der Gott an den Tisch. „Oh Loki, meine Not ist groß, denn der Riese trachtet meinem Kind nach dem Leben. Du bist der listigste unter den Göttern, darum wirst du es schaffen, meinen Sohn vor dem Unhold zu verbergen."

„Wenn ich deinen Sohn schützen soll, so musst du meinen Worten Folge leisten, Bauer", sprach Loki streng. „Sobald ich fort bin mit dem Kind, wirst du ein großes Bootshaus bauen. Du brichst ein Fenster hinein und wirst dahinter eherne Stangen verbauen."

So nahm Loki das Kind bei der Hand und verließ die Hütte des Bauern in die Dunkelheit der Nacht. Die Eltern aber blieben in Sorge zurück.

In einem Boot fuhr Loki mit dem Knaben hinaus auf See, und weit fort vom Land warf er seine Angel aus. Tief sank der Haken mit dem Köder bis hinunter auf den Grund. Es dauerte nicht lang, da zog er eine große Flunder aus dem Dunkel des Meeres hervor. Und kurz darauf hievte er eine zweite an Bord, und die dritte, die am Haken zappelte, war voll von tiefschwarzem Rogen. Da verwandelte Loki den Knaben in ein Fischei und verbarg ihn inmitten des Rogens.

„Hier bleibst du verborgen, Knabe. Sei ohne Furcht und wenn ich dich rufe, so kommst du heraus!" Dann warf er den Fisch in die See zurück.

Mit kräftigen Schlägen ruderte Loki den Kahn an Land, doch als er den Strand erreichte, stand dort der Riese im weichen Sand und fragte neugierig mit verschlagenem Blick: „Loki, wo warst du in der Nacht?"

„Ich fand keinen Schlaf, so trieb es mich hinaus auf See", antwortete der listige Loki dem Riesen mit einem harmlosen Lächeln auf seinem Gesicht. „Ich fand gute Fischgründe und warf die Angel aus."
Da sah der Riese in den Kahn und erblickte nur zwei armselige Flundern. Nun glaubte er zu wissen, wo er den Knaben finden würde. Schnell bestieg er sein ehernes Boot.
„Die Wellen schlagen hoch, denn die See ist ohne Ruh", warnte Loki den Riesen, doch dieser wiegelte spöttisch ab.
„Dann nimm mich mit hinaus auf See", rief der Gott und sprang ohne eine Antwort abzuwarten auf den Kahn. Stumm wies der Riese dem ungebetenen Gast den Platz auf der Ruderbank zu, und dieser setzte sich wenig erfreut. Er ergriff die Riemen, stieß das Boot vom Land ab und ruderte. Wieder und wieder tauchte er das Holz in die Fluten, und bald wurde die Stirn des Loki feucht vom Schweiß. Der eiserne Kahn aber bewegte sich nicht vom Fleck!
„Ich bin der beste Steuermann, den du finden kannst, und zudem weiß ich den Kurs zu den Fischgründen", sprach Loki atemlos zu dem Riesen. Der Kerl überlegte kurz, denn die List des Loki war ihm wohl bekannt, doch dann nickte er und wechselte mit dem Gott den Platz.
Nun war es der Riese, der sich in die Riemen legte, und so flog das Boot geradezu über die Wellen des Meeres. Bald schon erreichten sie eine Stelle, an der Loki dem Riesen gebot, mit dem Rudern innezuhalten. So zog er die Riemen an, und der Kahn wurde langsamer.
Erwartungsvoll und mit einem geheimnisvollen Grinsen warf der grobe Kerl seine Angel aus.

Tief sank der Haken mit dem Köder bis hinab auf den Grund, und bald schon zog er eine Flunder herauf. Er warf die Angel erneut aus und hievte schnell eine weitere Flunder an Bord. Die dritte aber war schwarz vom Rogen, den sie in sich trug. Da lächelte Loki und bat den Riesen mit größter Bewunderung in der Stimme: „Riese, welch ein guter Fang. Du bist wahrlich ein guter Fischer! Ein weitaus besserer als ich! So bitt ich dich, überlass mir den Fisch!"
„Oh nein, Loki", wehrte da der Riese ab und grinste verschlagen. „Dieser Fisch ist der meine!"
Er zog die Flunder durch seine Knie und der Rogen quoll hervor. Jedes dieser schwarzglänzenden Eier besah sich der Unhold, auf dass ihm das Kind nicht entwischen möge. Da sprang ein Ei aus der behaarten Hand des Riesen. Nun war die Gefahr groß, und dem Knaben drohte der Tod. Loki ergriff den Knaben und zog ihn hinter sich, sodass er vor den Augen des Riesen verborgen blieb. „Wenn wir das Ufer erreichen", flüsterte Loki dem Knaben zu, „versteck dich schnell in den Büschen, aber hinterlasse keine Spuren im Sand."

Enttäuscht und erbost ergriff der Riese die Riemen, und Loki steuerte das Boot zurück an das Ufer. Kaum hatte der Achtersteven den Grund des Strandes berührt, sprang der Knabe über Bord und lief schnell und leichtfüßig den Strand hinauf, um die rettende Böschung zu erreichen. Doch der Riese hatte den Knaben schon erblickt, fluchte laut und folgte diesem mit großen Schritten. Tief sank der Koloss in den weichen Sand ein, als er ein Bein vor das andere setzte. Da rief Loki dem Knaben zu, er möge in dem Bootshaus, das sein Vater erbaut hatte, Schutz vor dem Unhold suchen, und der

Knabe folgte den Worten des Gottes. Mit einem Satz verschwand er flink durch das Fenster des Bootshauses. Der Riese aber gab nicht nach und folgte dem Kind durch das Fenster des Bootshauses. Dort hatte der Bauer, so wie es ihm Loki befohlen hatte, dicke eherne Stangen verbaut, an denen der Schädel des Unholdes zerbrach. Mit gespaltenem Haupt steckte der Riese im Fenster fest, kam weder vor noch zurück. Schnell trat Loki herbei und hieb dem Scheusal mit dem Schwert ein Bein entzwei, sodass es nur noch von wenigen Muskeln gehalten wurde. Den Riesen schien dies aber wenig zu stören, denn mit einem kehligen Lachen verhöhnte er den Loki. Mit Erstaunen sah dieser, wie sich das Bein wieder zusammenfügte und verheilte.
Da erzürnte der Gott und hieb dem Riesen das andere Bein ab, nahm Buschgeäst und Steine, die er in die Wunde warf. Jetzt erstarb das böse Lachen, und ein zorniger Fluch entfuhr dem Unhold, doch kaum waren ihm die Worte entwichen, zerfiel der Riese in viele Stücke, und sein Leben fand ein Ende.
Dem Knaben huschte ein Lächeln über das Antlitz, und dann lachte er laut auf, da nahm Loki das Kind und brachte es heim, sodass der Bauer und sein Weib es in die Arme schließen konnten.
„Hier ist dein Kind, Bauer", sprach Loki freundlich. „Doch rufe mich nicht wieder, denn mein Schutz ist nun vorbei! Sei aber unbesorgt, denn der Unhold ist nicht mehr!"

*

3. Thors Kampf mit dem Riesen Hrungir

Auf seinem achtbeinigen Pferd Sleipnir war Odin gen Jötunheim geritten und traf dort bald schon auf einen Riesen. „Sag mir, wer bist du, dass du hier so prahlerisch mit deinem goldenen Helm daherkommst?", fragte der Riese unfreundlich und mit grimmiger Miene. „Aber ich denke, mir schwant, wer du bist, denn dein Ross ist mir nicht unbekannt!"
„Es ist das schnellste Pferd in ganz Asgard, und es gibt auch nirgendwo anders ein schnelleres!", sprach Odin stolz.
„Jenes Ross da mag ein gutes sein, doch es gibt kein besseres als mein eigenes Pferd Gullfaxi! Es macht viel größere Sprünge als das deine!", sprach da der Riese selbstgefällig und voller Hochmut.
Da lachte Odin auf. „Sag, wie ist dein Name, Kerl?", fragte der Herr der Asen- und Vanengötter, und der Riese antwortete dem Fragenden mit großer Arroganz, als erwarte er, das sein Gegenüber vor Ehrfurcht erstarren müsste.
„Hrungir ist mein Name!"
Hrungir war einer der stärksten unter den Riesen, und man erzählte sich, dass sein Herz, genau wie sein Schädel, aus Stein sei.
„So, du bist also Hrungir", stellte der Allvater fest, denn von dem Riesen waren ihm schon öfter Geschichten zu Ohren gekommen.
„Willst du einen Wettstreit wagen, Gott der Asen?", fragte nun der Riese herausfordernd, doch Odin wiegelte ab: „Kein Pferd ist schneller als mein Sleipnir! Geh, hab dich wohl!"
Er schlug dem Hengst seine Fersen in die Flanken, und dieser galoppierte davon.

Voller Zorn sprang der Riese auf den Rücken des Gullfaxi, um dem Odin zu folgen, und wie Donner hallte der Hufschlag über das Land. Groß war der Vorsprung Odins, und als Hrungir diesen endlich eingeholt hatte, wurde ihm gewahr, dass er in seinem Zorn nicht bemerkt hatte, längst innerhalb der Mauern von Asgard zu sein.
Der Göttervater aber blieb freundlich und lud den Hrungir ein, sein Gast zu sein. Sie betraten die große Halle, und der Riese verlangte nach einem Trunk. So kam die schöne Freya herbei und bewirtete den Hrungir gut.
Doch schon bald zeigte der Trunk, dem der Riese gierig zusprach, seine Wirkung. Wieder und wieder ließ er sich sein Horn füllen und begann auf das heftigste zu prahlen.
„Sag, schönes Weib, was willst du hier unter den Asen? Ich werde dich mit mir nehmen und dich zu meinem Weib machen", rief der Riese lachend aus. „Und auch die Sif werde ich mit mir nehmen! Wir werden sicher unseren Spaß haben, Weib!"
Da wandte sich die Vanengöttin aus dem Griff des betrunkenen Riesen und floh.
Nun begannen die Götter den Riesen zur Ordnung zu rufen, doch dieser prahlte damit, all ihr Bier auszutrinken. Und er bedauerte, seinen Schild und den Schleifstein daheim gelassen zu haben. „Ganz Walhalla werde ich auf meinem Rücken nach Jötunheim tragen und dort alle Götter töten!"
Doch da war es den Göttern genug, und sie drohten dem Riesen mit der Kraft Thors und seines Hammers. „Der Thor soll nur kommen", rief Hrungir betrunken aus. „Ich werde dem Schädelspalter schon zeigen, wer der Stärkere ist und werde ihn, genau wie alle anderen Götter töten!"
Nun aber erschien der Rotbart in der Halle der Götter und rief wütend aus: „Was brüllst du hier herum? Du bist Gast in diesem Haus, und doch beleidigst du uns. Drohst uns sogar mit dem Tode!"

Hrungir sah den Donnergott schweigend an und grinste dabei frech in dessen Antlitz. Groß war der Zorn Thors, fest umklammerte er den Stiel seines Hammers Mjölnir. So fest, dass sich die Knöchel seiner Faust bereits weiß färbten. „Es wäre mir eine große Freude, dich zu erschlagen, Riese!", brüllte er dem Hrungir entgegen. „Oh, was bist du doch für ein mutiger Mann, Rotbart! Willst einen Unbewaffneten erschlagen!", höhnte der Riese. „Wäre ich bewaffnet, so würde ich sofort einen Holmgang[4] mit dir wagen, so aber bleibt mir nur, dich einen Neiding zu nennen, da du mich wehrlos töten willst!"
Niemals zuvor hatte es jemand gewagt, den Donnergott zum Zweikampf zu fordern, und so zeigte sich Thor mit der Herausforderung des Riesen Hrungir einverstanden.
„Wir werden einen Ort erwählen, der sich zum Kampf eignet", sprach nun Odin und hatte sich längst über seine Einladung an den Riesen geärgert.
„Das Grenzland zwischen Asgard und Jötunheim soll es sein!", bestimmte Thor, und der Riese zeigte sich einverstanden mit der Wahl.

Dem Hrungir aber war es gar nicht danach, mit dem hammerschwingenden Asengott zu kämpfen, doch den Jötunen war es wohl wichtig, wer den Kampf zwischen Riesen und Göttern gewinne. So formten sie auf dem Kampfplatz einen Giganten aus Lehm, der dem Hrungir im Kampf zur Seite stehen sollte. Mökkurkalfi, so nannten sie ihr Ungetüm, war so groß, dass sein Kopf an die Wolken stieß. Dem Giganten aber fehlte es an einem Herzen, das groß genug wäre, um dem Mökkurkalfi Leben

---

[4] Holmgang - Zweikampf, traditionell wurde der Zweikampf auf einer kleinen Fluss- oder Seeinsel (Holm) ausgetragen

einzuhauchen. So entrissen sie einer Stute das Herz, doch dieses erwies sich als zu schwach, und so konnte sich der Koloss nur langsam bewegen. Dennoch fuhr dem Donnergott bei dem Anblick des Ungetüms an der Seite des Hrungir der Schrecken in die Glieder. Und Thialfi, dem menschlichen Knecht Thors, erging es nicht anders.
Doch der Riese Hrungir hatte sich den schlechtesten Beistand gesucht, den man finden konnte, denn Mökkurkalfi war von feiger Natur.
Beim Anblick des Donnergottes, der mit Blitz und Donner den Mjöllnir schwang, ließ das Ungetüm sein Wasser, so groß war sein Schreck.
Nun trat der Knecht vor den Riesen und sprach: „Du hast zwar einen steinernen Schild, Jötun[5]. Doch wird dieser dir wenig zu Diensten sein, denn Thor hat dich gesehen und wird in die Erde fahren, um dich von unten anzugreifen!"
Thialfi lachte auf und ließ den Riesen stehen. Kurz überlegte Hrungir über die Worte des Knechtes, dann warf er den Schild unter sich und stellte sich darauf. Doch nichts geschah!
Hrungir, der Riese, erwartete den Thor nun mutig zum Kampf. Den steinernen Schild hatte er aufgenommen und vor seine Brust gehalten. Seinen gewaltigen Wetzstein in der Faust, erwartete er den Angriff seines Gegners.
Von größter Asenwut getrieben, stürmte der Gott auf den Riesen zu und schleuderte den Hammer gegen den Hrungir. Dieser hob den Wetzstein mit beiden Händen festumklammert und hielt diesen gegen den Mjöllnir. Die göttliche Waffe aber zerschmetterte den Stein in zwei Teile. Der größere fiel zur Erde, und so wurden daraus in Midgard all die Wetzsteinfelsen. Mjöllnir traf den Hrungir am

---

[5] Jötun – Riese, Bewohner von Jötunheim

Schädel, und dieser sank, einem gefällten Baum gleich, mit zertrümmertem Haupt zu Boden.

Doch auch Thor, der Rotbart, war nicht ungeschoren davongekommen, denn der kleinere Teil des Wetzsteines hatte sich tief in sein Haupt gebohrt. Dazu war der Riese nach vorn gefallen, und eines seiner Beine hatte den Donnergott unter sich begraben.

Auch Thialfi hatte den Kampf angenommen und den wenig mutigen Koloss niedergestreckt. Nun stand er vor seinem Herrn und musste sich traurig eingestehen, dass ihm die Kraft fehlte, Thor zu befreien.

Da aber geschah es, dass Magni auf den Kampfplatz trat. Er war ein junger Riese und der Sohn Thors. Magni zählte drei Sommer und Winter, und der Donnergott hatte ihn mit der Riesin Jarnsaxa gezeugt. „Oh Vater, Schande über mich, dass ich dir so spät zur Hilfe eile. Ich hätte den Hrungir mit der blanken Faust niedergestreckt!" Er ergriff das Bein des Riesen, und nahm es, als sei es ein dürrer Ast, vom Körper Thors fort. Der Donnergott erhob sich, lächelte, und empfing seinen Sohn mit großer Freude und Stolz.

„Du wirst dereinst ein kräftiger und tüchtiger Mann sein, Magni! Darum schenke ich dir Gullfaxi, das Pferd des Hrungir!"

Dies aber sollte dem Rotbart noch den Unwillen Odins einbringen, denn dieser hatte selbst ein Auge auf das Ross geworfen, und er überschüttete seinen Sohn mit wüsten Vorwürfen.

Heimgekehrt nach Thrudwang[6] nahm sich die Völva Groa, das Weib Örwandils des Kecken, des Donnergottes an und versorgte dessen Wunde, so gut es ihr möglich war. Mit Zauberliedern besang sie das Haupt Thors, und der Stein in

---

[6] Thrudwang – Heimstatt Thors in Asgard

seinem Schädel begann sich zu lösen. In größter Dankbarkeit verkündete Thor, dass er den Örwandil dereinst auf seinem Rücken aus Jötunheim errettet hatte, und dies aber erfreute die Groa so, dass sie ihre Zauberlieder vergaß. So vermochte sie es nicht, den Splitter vom Wetzstein des Riesen Hrungir aus dem Schädel Thors zu entfernen. Fortan ist es eines Jeden Pflicht, die Wetzsteine fortzuwerfen, damit sich der Stein im Haupte des Gottes löst!

*

4. Erik, den sie den Roten nannten

Unbarmherzig sauste die Axt des Thorvald auf den Kopf seines Gegenübers nieder. Es war nur ein Hieb von Nöten, und das Haupt zerplatzte wie ein rohes Ei, wenn es aus dem Nest fiel.
Der Mann riss noch erschrocken seine Hände empor und hielt sich den gespaltenen Schädel, doch dies tat er nur kurz, denn er sank auf seine Knie, fiel in den Staub und starb.
Thorvald spuckte auf den Toten und sagte ruhig: „Hättest du nachgegeben, würdest du leben, dämlicher Kerl!"
Der Mann mit dem roten Haar hatte seinem Widersacher keine Gelegenheit zur Gegenwehr gelassen, er war auf den Ahnungslosen zumarschiert und hatte zugeschlagen.
Kein Wort war gefallen, das den Streit hätte schlichten können.
Thorvald reinigte das Blatt seiner Klinge an dem Kirtel[7] des Erschlagenen, wandte sich ab und begab sich zu seinem Pferd, das einige Schritte entfernt mit gesenktem Kopf grasend auf seinen Herrn wartete. Er schwang sich in den Sattel und verließ die Weide, auf der der Angriff stattgefunden hatte. Doch die Tat war nicht unbeobachtet geblieben!

Die Zeit verging, und die Tage im Herbst, an denen die freien Nordmänner ihr Thing abhielten, rückten näher. Auch der Bauer Thorvald Asvaldsson bereitete sich auf die Reise vor, die ihn an den Platz der jährlich wiederkehrenden

---

[7] Kirtel, Klappenmantel – knielange Jacke, die mit einem Gürtel zusammengehalten wurde

Ratsversammlung führen sollte. Die Reisekisten waren bereits gepackt, als am Abend vor dem Aufbruch ein Ruf über den Hof des Rothaarigen hallte.

„Thorvald Asvaldsson!", erschallte laut der Name des als streitsüchtig bekannten Bauern. „Tritt heraus, Thorvald Asvaldsson!"

Es dauerte eine Weile, bis sich die Tür des Langhauses öffnete. Der Gerufene trat heraus, und mit ihm seine Knechte und sein junger Sohn Erik, dessen Haar genau so feuerrot war wie das seines Vaters. Alle Männer waren bewaffnet, und es schien, als ahnte der Bauer, was nun geschehen würde.

„Wer bist du? Trete ins Licht, Mann! Oder willst du meine Axt zu schmecken bekommen?", rief der Asvaldsson drohend. Da schwangen sich die Männer aus ihren Sätteln und traten in den Schein der Fackeln, die zu beiden Seiten der Pforte befestigt waren und die ihre Gesichter und Gestalten kärglich beleuchteten. Auch die Fremden waren bewaffnet, und dazu trugen sie Rüstzeug und Helme auf ihren Köpfen. „Drohe mir nicht, Bauer", entgegnete der Krieger böse und nahm seinen Helm vom Kopf. „Sonst könnte dies dein letzter Tag in Midgard werden!"

„Bist du gekommen, um mich zu einem Kampf zu fordern, Kerl? Dann will ich dir den Schädel spalten, wenn es dich danach gelüstet", drohte der Bauer.

„Worauf warten wir noch, Thorvald? Schicken wir sie zu Odin!", sprach Erik, der Sohn des Bauern zornig und voller Kampfeslust.

„Das würde euch schlecht bekommen, denn der Jarl von Jären hat ein Auge auf dich geworfen, Thorvald Asvaldsson", sagte der Krieger zu seinem Gegenüber. „Du wirst aufgefordert, vor dem Rat zu erscheinen, denn es wird eine Klage gegen dich erhoben."

„Wer klagt mich an? Und was wirft man mir vor?", fragte Thorvald scheinheilig, obwohl er den Grund nur zu gut kannte.
„Du sollst deinen Nachbarn erschlagen haben, Asvaldsson", sprach der Krieger ruhig. „Und du wurdest dabei beobachtet!"
„Wer behauptet das? Wer ist derjenige, der mich beschuldigt?", rief der Bauer zornig aus. „Nenne mir seinen Namen!"
„Das wirst du noch früh genug erfahren", sagte der Krieger des Jarls mit strenger Stimme. „Oder glaubst du, ich werde dir einen Namen nennen, sodass auch ihn deine Axt zu Tode schlägt? Und wage es nicht, dich aus dem Staub zu machen, du wirst deiner Strafe nicht entgehen!"
„Meiner Strafe? Wer will mich strafen? Ich habe mir nichts zuschulden kommen lassen, also wird es keine Strafe geben. Odin ist mein Zeuge!"
Der Mann mit dem Helm unter seinem Arm, begann laut zu lachen. „Ja, Thorvald Asvaldsson, du bist ja auch als friedliebender und freundlicher Mann im ganzen Gau bekannt! Ein wahrer Wohltäter sollst du sein!"
Nun begannen auch die anderen Krieger zu lachen. Doch da wurde der Krieger wieder ernst, er sah den Bauern und auch seinen Sohn Erik böse an. „Wage es nicht, den Namen des Allvaters zu beschmutzen! Du und deine ganze Sippe sind doch als üble Totschläger bekannt. Ist es nicht so?"
Thorvald sog tief die Luft in seine Lungen und wollte dem Krieger die passenden Worte entgegnen, doch der Fremde fuhr ihm über sein Maul. „Schluss jetzt! Wage es nicht, dem Thing[8] fernzubleiben, Bauer, sonst werden wir dich holen!

---

[8] Thing – altgermanische Rats- und Gerichtsversammlung, die meist einmal im Jahr stattfand

Oder gleich deinen Hof niederbrennen, mitsamt deiner Brut darin!"

Der Krieger wandte sich ab, schwang sich in den Sattel, zeigte noch einmal drohend mit dem Finger auf den Bauern und ritt dann, gefolgt von seinem Gefolge, vom Hof des Thorvald Asvaldsson. Noch in der Dämmerung des frühen Morgens hatten sie begonnen, die Packpferde zu beladen, und schon bald darauf folgten sie dem Pfad entlang der Küste, der zu dem großen Thingplatz führte. Nur eine Magd und einen Knecht hatte der Bauer auf dem Hof zurückgelassen, alle anderen, ob Gesippen oder Gesinde, nahm Thorvald mit sich auf das Thing.

Heftig peitschte der Wind den Regen über das Land, und keiner im Gefolge des Thorvald trug noch einen Fetzen trockenen Stoffes auf der Haut, als sie nach zwei Tagen endlich den kleinen Fjord erreichten, in dem der Thingplatz lag.

Vor ihnen lag ein großes Lager, in dem auch Thorvald seine Zelte aufschlagen ließ. Hier würden die Frauen und die Unfreien auf die Rückkehr der Männer warten, denn ihnen wurde der Zutritt zum Thingplatz verwehrt.

Nachdem alle Zelte aufgebaut waren und ein weiterer Tag vergangen war, begab sich Thorvald Asvaldsson mit einigen Männern zum Thingplatz, an dem sich schon viele freie Nordmänner versammelt hatten.

Freie und Halbfreie, Häuptlinge und Jarle liefen auf dem Platz umher, standen in kleinen Gruppen, sprachen, lachten und tranken zusammen. Dann trat der Gode und Thingsprecher der Insel auf einen etwas höher gelegenen Stein und gab den Befehl, den Göttern ein Opfer darzubringen. Und so geschah es!

Die Versammlung nahm ihren Lauf. Männer traten vor und brachten ihre Klagen zu Gehör. Mal ging es um eine

gestohlene Kuh, mal um einen fortgelaufenen Sklaven, oder darum, dass ein Weib die Scheidung von ihrem Gemahl verlangte. Darum kümmerten sich ihre männlichen Verwandten und trugen den Fall beim Thing vor. Als bereits einige Fälle abgehandelt waren, rief einer der Häuptlinge den Namen des Bauern Thorvald in die Runde. „Thorvald Asvaldsson! Tritt vor und höre, was man dir vorwirft!" Der Rotbart trat aus der Menge, an seiner Seite sein Sohn Erik, und trat vor den Rat. Mit zorniger Miene rief er: „Was wollt ihr von mir? Ich tat nichts, was nicht mein Recht war!" Da trat einer der Jarle von Jären, ein hochgewachsener, kräftiger Mann mit langem braunem Haar und einem dichten Schnauzbart, auf den Thorvald zu. Er hob seinen Finger und zeigte auf den Bauern. „Du bist ein übler Kerl, Bauer Thorvald!" Der Jarl begann dem Rotbart vorzutragen, welcher Tat man ihn beschuldigte, führte ihm noch einmal all die anderen Boshaftigkeiten vor Augen, die er in den letzten Jahren begangen hatte, und zu guter Letzt trat ein Kerl, ein freier Bauer, der allen in Jären als aufrichtiger Mann bekannt war, vor den Rat und verkündete, was er mit eigenen Augen gesehen hatte. Niemand hegte Zweifel an seinen Worten.
Es war aber kaum ein Mann, der für Thorvald Asvaldsson das Wort ergriff, und so fällte der Thingrat sein Urteil. Wegen des Totschlags an seinem Nachbarn sollte der Bauer an die Hinterbliebenen eine hohe Mannesbuße[9] zahlen, und dann sollte er für drei ganze Sommer und Winter die Insel im Westen Norwegens verlassen.
Zornig fluchend und wüste Drohungen gegen den Mann ausstoßend, der ihn angeklagt hatte, verließ Thorvald Asvaldsson mit seinen Gesippen das Thing. Doch er konnte

---

[9] Mannesbuße – Zahlung an die Hinterbliebenen eines getöteten Mannes

fluchen wie er wollte, gegen das Urteil vermochte der Bauer nichts auszurichten.

Bald darauf verkaufte Thorvald Asvaldsson seinen Hof und den größten Teil seines Viehs, ließ all seine Habe auf sein Knarr[10] verladen und verließ die Insel mit Kurs nach Westen.

*

Lange hatte das Fest zur Vermählung des Erik Thorvaldsson und dem Weib Thorhild gedauert. Drei volle Tage wurde gut gespeist, und es floss reichlich Bier, denn der Bauer Asvaldsson, genau wie der reiche Vater der Braut, ließen sich nicht lumpen. Von der ganzen nord-westlichen Küste Islands, dorthin hatte es Thorvald und seine Gesippen nämlich verschlagen, waren die Menschen nach Hornstrandir gekommen, um sich satt zu essen. Da das Weib des Erik eine gute Mitgift in die Ehe brachte, und der Sohn des Thorvald ja auch kein armer Mann war, verließ das Paar die öde Geröllwüste des Inselnordens und kaufte einen Hof im weitaus fruchtbareren Haukatal. Zuvor war Erik mit einigen Männern dorthin geritten, nachdem man ihm von einem Bauern erzählt hatte, der willens war, seinen Besitz zu verkaufen. Es zeigte sich, dass eine Krankheit alles Vieh des Bauern dahingerafft hatte, und nachdem ihm sein Weib im Kindbett gestorben war, hatte er sich entschlossen, zurück nach Norwegen zu gehen.

Nicht zuletzt wegen seines aufbrausenden Wesens und der Anzahl der Männer, die ihn begleitet hatten, erzielte er einen mehr als günstigen Preis.

---

[10] Knarr – dickbauchiger, meist als Handelsschiff verwendeter Großsegler der Nordmänner

Erik Thorvaldsson war wenig mehr als zwanzig Sommer und Winter, als er seinen eigenen Hof bezog, und es dauerte nicht lang, da gebar sein Weib ein Kind. Es war ein Knabe, und der Bauer Erik gab ihm den Namen Thorvald!

Kaum ein Jahr war vergangen, seit Erik nach Island gekommen war. Er besaß einen eigenen Hof, war wohlhabend, hatte ein Weib und einen Sohn. Auch mehrere Sklaven nannte er sein Eigen, eine Magd und zwei Knechte. Doch schnell zeigte sich den Menschen in Island, dass mit dem neuen Nachbarn nicht gut Kirschen essen war. So gab es einen Bauern, dessen Weideland an das des Erik Thorvaldsson grenzte, und dessen Vieh hatte es sich zur Angewohnheit gemacht, sich am Gras der Nachbarsweiden zu laben. Dem ehemaligen Bauern war dies gleich, denn ihn hatte das Glück sowieso verlassen.
Doch Erik, großgewachsen und kräftig von Statur, war dies gar nicht recht! Der Mann mit dem roten Haar trieb beim ersten Mal die Schafe seines Nachbarn zurück auf dessen Weiden. Auch beim zweiten Mal, Erik war nun aber äußerst erzürnt, trieb er das Vieh zurück. Jedoch beim dritten Mal ließ er sein Schwert kreisen und das Vorratshaus des Hofes füllte sich mit Hammelfleisch. Als der Nachbar namens Valthjof wenige Tage später die blutige Weide erblickte, ritt er erbost zu seinem neuen Nachbarn, um von diesem eine Entschädigung für sein Vieh zu fordern.
„Was willst du?", donnerte die tiefe Stimme des Erik dem Nachbarn entgegen. „Du verlangst eine Entschädigung? Bist du von Sinnen, Mann?" Da trat einer der Knechte des Erik vor den Valthjof und sprach zu diesem mit lallender Zunge, denn er hatte mit seinem Herrn schon einige Becher Bier getrunken: „Haben dir die Götter in den Kopf geschissen? Was willst du hier? Dein Vieh frisst unser Gras, und wir fressen dein Vieh! So einfach ist das!"

Da traf den Knecht ein harter Schlag gegen seinen Kopf, und er fiel benommen zu Boden. „So spricht kein Knecht mit mir! Ich werde dir dein freches Maul stopfen!"
Da trat Erik Thorvaldsson vor den Valthjof, ergriff diesen an seinem Hals und zischte zornig: „Du wirst hier niemanden das Maul stopfen! Du wirst jetzt von meinem Hof verschwinden, oder, ich schwöre beim Barte Thors, ich werde dich in Stücke reißen!"
Der rotbärtige überragte seinen Nachbarn um fast eine Kopfeslänge, und als der Begleiter des Valthjof, ein Gesippe namens Eyjolf, ihm riet, es gut sein zu lassen, da ja sein Vieh schließlich die fremde Weide abgegrast hatte, zogen sie sich fluchend zurück.
Doch dies sollte nicht das Ende dieses Streites bedeuten, denn der Knecht des Erik Thorvaldsson trachtete nach Rache für den Schlag in sein Gesicht. Und in dem anderen Knecht fand er schnell einen Verbündeten.
Es war ein düsterer, nebeliger Tag, der sich schon dem Abend entgegenneigte. Schon zur Mittagszeit hatten sich die beiden noch recht jungen Knechte des Bauern Erik zum Hof des Valthjof aufgemacht. Der Thorvaldsson selbst weilte zu dieser Zeit nicht auf seinem Hof, denn er war mit einem Sklaven in ein benachbartes Dorf gegangen, um dort ein Geschäft auszuhandeln. So hatte er keine Kenntnis davon, was seine Knechte trieben. Es wurde schon dunkel, als sie auf dem Kamm eines Steilhanges ihre beiden Pferde zügelten. Der eine schwang sich vom Rücken seines Tieres und ging vor bis an die Kante. „He, sei vorsichtig, das Geröll kann sich schnell lösen, und dann ist es um dich geschehen", warnte der ältere der beiden
„Rede nicht. Komm lieber her!" Er trat noch einen Schritt vor, sodass er in die Tiefe hinabsehen konnte. Langsam wagte sich nun der andere Knecht vor, und man sah ihm an, dass ihm dieser Ort nicht geheuer war.

„Was soll das? Was wollen wir hier? Sollen wir zu Tode stürzen?"
„Rede nicht so dumm daher! Sieh lieber hinab."
Da trat der Knecht vor und sah hinunter. Er blickte auf ein Haus, spärlich von Fackeln erleuchtet und dicht an den Steilhang gebaut. „Das ist der Hof des Valthjof", sagte der Knecht, den die Faust des Bauern getroffen hatte. „Jetzt wird er dafür bezahlen, dass er mich schlug!"
„Was willst du tun? Willst du ihm auf sein Dach pissen oder was? Nimm ein Schwert und tritt vor ihn, wie es sich für einen Mann gehört", tadelte ihn sein Begleiter.
„Damit ich den Zorn Erik Thorvaldssons auf mich ziehe?"
„Das haben wir doch schon. Oder glaubst du, er wird erfreut sein, wenn Thorhild ihm erzählt, dass wir abgehauen sind?", brummte der andere. „Hör auf zu jammern", rügte der jüngere der Knechte. „Wir wollen ihn ja nur ein wenig ärgern. Ihm einen Streich spielen!"
„Einen Streich spielen? Du hältst dich wohl für Loki?", brummte der Ältere ärgerlich. Doch der jüngere Knecht hörte gar nicht mehr hin. Er zog sein Schwert und begann damit das Geröll zu lösen und über den Hang hinab zu werfen. „Los komm, mach mit!"
Da zog der Ältere seine Axt und hieb diese mit aller Gewalt in den Boden. Plötzlich löste sich ein mächtiger Brocken des Felsens, auf dem sie standen, und um ein Haar wäre der Jüngere mit dem Brocken in die Tiefe gestürzt. Doch die Götter waren ihm gnädig, so hatte er nur sein Schwert eingebüßt.

Als sie den heimischen Hof erreichten, war es schon nach Mitternacht, und auf dem Hof herrschte Ruhe. So begaben sie sich in das kleine Gesindehaus und legten sich zur Ruhe. Einige Tage vergingen, und das Wetter wurde spürbar schlechter, da gab Erik seinen Knechten den Befehl, das

Vieh von den Weiden zu holen. Da kam es, dass zwei Männer vor die Knechte traten. Der eine war Eyjolf, den anderen kannten die Knechte nicht. Dieser trat, mit einem Schwert in der Hand, vor die Knechte und sagte: „Wessen Schwert ist das? Kennt ihr es?"
„Ja", der jüngere der Eriksknechte nickte. „Es ist mein Schwert, ich verlor es bei einem Streich gegen den Bauer Valthjof."
„Du gibst es also zu, dass du der Mörder bist! Mein Gesippe wurde von den herabfallenden Geröllmassen erschlagen! So wie auch sein Weib und eines seiner Kinder! Du sollst nun dein Schwert zurückbekommen!" Kräftig trieb er dem Knecht das Schwert in die Rippen, sodass dieser kurz darauf verstarb. Der Begleiter des Eyjolf hatte auch nicht gezögert und den anderen Knecht mit seiner Axt erschlagen. So lagen die Männer vom Hof des Erik Thorvaldsson in ihrem eigenen Blut.
Eyjolf aber machte sich auf den Weg zu einem Hof im Norden der Insel, auf dem einer der Krieger lebte, die dem Jarl nahestanden und der dem Thingrat angehörte. Ihm zeigte er seine Tat an, so wie es das Gesetz verlangte. Innerhalb von drei Tagen musste ein Mann eine solche Tat anzeigen, um nicht als Mörder vor das Thinggericht geschleppt zu werden.

Als aber Erik Thorvaldsson seine erschlagenen Knechte auf der Weide fand, schwor er voller Zorn, ihren Tod zu rächen. Von der bösen Tat seiner Knechte hatte er nichts erfahren. Aber er erfuhr schnell davon, wer die Männer seines Hofes getötet hatte, und so öffnete er die Truhe in der Schlafkammer seines Hauses, um herauszunehmen, was er dort verborgen hielt. Helm und Kettenhemd!
In vollem Rüstzeug, mit Schild und Axt, machte er sich auf den Weg zum Hof des Eyjolf, um diesen für seine Tat zu

bestrafen, und nicht einmal sein junges Weib konnte den zornigen Mann von seinem Vorhaben abhalten. „Niemand erschlägt ungestraft einen aus meinem Hausstand. Keinen Sklaven und schon gar nicht meine Knechte! Dafür wird dieser Eyjolf bezahlen, beim Thor!" Dann war er wütend aus dem Haus gestürmt.

Eyjolf hatte seine Tat bekannt gemacht, und nun wartete er darauf, dass der Jarl dieses Gebietes ihn als Schuldigen vor den Thingrat rief.

So saß er am Nachmittag mit einem Gast in seiner Hütte, um sich vor dem Regen zu schützen, der schon seit Tagen vom Himmel fiel, als ein einzelner Mann auf den kleinen Hof geritten kam. Triefend schwang sich der Krieger aus seinem Sattel, da öffnete sich die Pforte des Hauses und Eyjolf und sein Gast, den man Hrafn nannte, traten ins Freie.

Der Bauer hatte den Krieger nicht gleich erkannt. „Wer bist du, Mann? Was willst du hier?", fragte Eyjolf den Fremden.

„Ich bin der Mann, dem du die Knechte erschlugst, du Trollschiss", antwortete der Thorvaldsson mit dunkler, böser Stimme. „Ich bin Erik Thorvaldsson!"

„Ich sah dich beim letzten Thing", sprach da Hrafn und sah Eyjolf an, als ahne er nichts Gutes. „Du scheinst mir ein harter Mann zu sein! Aber höre meine Worte: Es war unser Recht, die Männer zu töten!"

„Ja, ich bin ein harter Mann, und ich kam, um Rache zu nehmen", sprach Erik ruhig, er ließ seinen Helm zu Boden fallen und umklammerte den Stiel seiner Axt mit beiden Händen. „Du glaubst, es war euer Recht? Es waren Männer meines Hofes, und es gibt außer Odin und den Seinen nur einen Mann, der das Recht hatte, sie zu strafen! Das bin ich! Ihr aber seid nur gewöhnliche Mörder!"

Dies waren die letzten Worte, die den beiden Männern in Midgard[11] zu Ohren kamen.
Die Axt des rotbärtigen Kriegers hatte die Köpfe der beiden Isländer Eyjolf und Hrafn gespalten, so schnell, dass ihnen kaum Zeit zur Gegenwehr geblieben war. Schreiend war das Weib des Eyjolf, gefolgt von den Kindern, aus dem Haus gestürmt und war bei dem Leichnam ihres Mannes auf den regengetränkten Boden gesunken. Übelste Flüche rief sie dem Rotbart hinterher, erhob ihre Arme zum Himmel und flehte den Donnergott an, dieses Scheusal sofort mit einem Blitz zu erschlagen. Doch Thor blieb stumm!
So wie auch Erik Thorvaldsson!
Der hob seinen Helm auf und setzte diesen auf sein nasses Haupt, schwang sich in den Sattel und verließ den kleinen Hof.

*

Es waren nicht wenige Krieger, die im Gefolge des Thorvald Asvaldsson dessen Sohn Erik auf das Thing folgten. Der Jarl hatte Anklage gegen Erik Thorvaldsson erhoben, nachdem dieser zum Langhaus des Anführers geritten war und diesem seine Tat eingestanden hatte, noch ehe das Weib des Eyjolf den Fall dem Fürsten vortragen konnte.
Böse, aber auch ängstliche Blicke trafen den Rotbart, bis man ihn endlich vor den Rat rief. Schließlich hatte sich sein Ruf über die Insel verteilt, und kaum einer kannte nicht den Namen Erik Thorvaldsson. Niemand glaubte wirklich daran, dass der streitbare Mann seinen Kopf behalten würde.
Nun sollten die freien Männer über das Urteil entscheiden, jedoch waren einige unter ihnen, die die Tat des

---

[11] Midgard – Die Welt der Menschen

Thorvaldsson als richtig empfanden. Schließlich waren es seine Knechte, und keiner außer ihm selbst hatte das Recht, diese zu strafen. Hinzu kam, dass er zwei Männern im Kampf gegenüberstand, und auch da fanden die Freien, dass dies für den Rotbart sprach. Da blieb dem Jarl nur noch, ein mildes Urteil zu fällen, und so kam es.
„Erik Thorvaldsson, das Blut, welches an deinen Händen klebt, ist genauso rot wie dein Haar", sprach der Jarl. „Ich will dich nicht mehr in meinem Hoheitsgebiet haben, und da ich dich nicht töten kann, schicke ich dich fort! Es scheint mir, als würde Odin selbst seine Hände schützend über dich halten. Du behältst deinen Kopf, aber verschwinde aus dem Haukatal, und wage es nicht, dich meinem Spruch zu widersetzen!"

Noch bevor Erik in einen jähzornigen Wutanfall ausbrechen konnte, trat Thorvald neben seinen Sohn. „Nimm das Urteil an, mein Sohn. Es ist ein mildes! Die Götter sind dir gnädig."
„Was? Ich soll meinen Besitz fortgeben?", fragte Erik erregt und böse. „Ja, Sohn! Tue es, sonst verlierst du doch noch dein Leben", flüsterte Thorvald seinem Sohn zu. Da nahm Erik das Urteil an und versprach, aus dem Haukatal zu verschwinden. Seinen Hof verkaufte er an einen reichen Bauern, der eine Mitgift für seine Tochter suchte. Der Mann erzielte einen guten Preis, denn er war ein Gesippe des Jarls. Erik Thorvaldsson, den man fortan den Roten nannte, und dieser Name hatte sich schnell auf Island herumgesprochen, ließ all seine restliche Habe auf sein Schiff verladen, denn Erik war kein armer Mann, und besaß, wie sein Vater auch, ein eigenes Schiff. Dann setzte er Segel und fuhr die Küste entlang nach Westen. So gelangte er auf die Ochseninsel, die nicht weit der Mündung des Breidafjordes lag und

Öxney genannt wurde. Hier wollte er seinen neuen Hof errichten, so entschied Erik der Rote!
Er nahm ein Stück Land in Besitz, das er von dem Jarl der Insel erwarb, und errichtete eine kleine Hütte, in der er mit seiner Familie wohnen wollte, bis sein Langhaus fertig war. Und er musste sich sputen, denn sein Weib Thorhild ging wieder schwanger.

Zu seiner Habe gehörte ein Bett. Ein besonderes Bett, das von einem Meisterschnitzer gearbeitet worden war und dessen Pfosten von hohem Wert waren. Dieses Bett, und vor allem seine Pfosten, wollte Erik nicht in der schäbigen Hütte aufbauen, und so gab er sie einem Nachbarn namens Thorgest. „Es ist mir zu eng und auch zu schäbig in der Hütte, also nimm du die Pfosten derweil", hatte Erik der Rote gesagt, als er das kostbare Möbel auf den Hof des Thorgest geschafft hatte. Dieser war über das edle Stück natürlich hocherfreut und sprach; „Ich werde gut drauf achten, Nachbar! Du kannst dich darauf verlassen!"
Erik der Rote war beruhigt und zufrieden, und so machte er sich auf den Weg.

Er holte sich wieder mehrere Knechte auf den Hof, errichtete ein Gesindehaus und kam schnell mit dem Bau seines großen Langhauses voran. Der Hof lag nicht weit des Strandes, vor dem sein Schiff in seichten Wellen ankerte. Einen großen Stall und auch ein Räucherhaus standen nun auf dem von einer flachen Mauer umgebenen Hof. Viele Schafe besaß der Bauer nun auch wieder und mehrere Kühe, denn er hatte auf dem großen Markt in der Hafenstadt Reykjavik gut eingekauft.
Und als sich der Sommer seinem Ende neigte, gebar die Thorhild einen weiteren Sohn. Erik gab ihm den Namen Leif!

So verging ein weiteres Jahr, und sein Weib gebar ihm noch ein Kind. Diesmal war es eine Tochter, der der Bauer den Namen Freydis gab. Und es sollte sich zeigen, dass Freydis nicht nur die Farbe ihrer Haare vom Vater geerbt hatte.
Die Jahreszeiten vergingen, und irgendwann hatte Erik die Arbeiten an seinem Langhaus beendet. So war er zweimal im vergangenen Sommer nach Norwegen gesegelt und hatte dort sein Schiff mit Holz beladen.

Es war ein prächtiges Haus geworden, das Dach war mit Grassoden gedeckt und reichte fast zu beiden Seiten bis auf den Erdboden hinab. Die Stirnseiten des Giebels zierten geschnitzte Drachenköpfe, und auch über der Tür prangte ein solcher. Es war ein Haus, das einem Häuptling würdig war!
Der Bauer bezog mit seiner Familie das neue Haus, und schon am nächsten Abend gab er ein Fest in seiner schönen neuen Halle. Auch einige Nachbarn hatte er eingeladen, unter ihnen auch Thorgest.
Als alle Gäste schon fröhlich beisammensaßen und sich in Feierlaune ihr Bier und das gereichte Essen schmecken ließen, kam Erik auch mit dem Thorgest ins Gespräch.
„Es ist gut, dass du meine Einladung angenommen hast. Ich danke dir dafür! So kann ich dich gleich fragen, wie es meinen Bettpfosten geht? Nun, da mein Haus erbaut und fertig ist, kann ich sie wieder heimholen!"
Da sah der Thorgest den Bauern verwundert an. „Deine Bettpfosten? Wieso deine? Du hast sie mir doch zum Geschenk gemacht!"
„Ich habe was?" Erik der Rote holte tief Luft, und jeder, der das Gespräch mitgehört hatte, erwartete nun einen blutigen Wutausbruch des Hausherrn. Doch er blieb ruhig, lachte sogar. „Du bist im Irrtum, mein Freund. Ich gab sie dir,

damit du auf sie achtgibst, bis mein Haus fertig ist. Warum sollte ich dir meine kostbaren Bettpfosten schenken?"
Doch Thorgest blieb stur. „Bei Odins Auge, du schenktest mir die Pfosten!"
Nun verschwand das Lächeln aus des Erik Gesicht. Mit dunkler Miene sah er seinen Nachbarn an, und nun waren auch alle Gäste auf die beiden Streitenden aufmerksam geworden. „Mich überkommt der Verdacht, du willst mich bestehlen, Thorgest! Das wird dir nicht gut bekommen!"
Doch da trat Thorhild zwischen die Streithähne und sprach böse: „Könnt ihr euren Streit nicht ein anderes Mal austragen? Dies soll ein fröhliches Fest sein, und die Götter sollen uns ihr Heil spenden, damit diesem Haus nichts Böses widerfährt." Da nickte Erik und sah sein Weib freundlich an. „Du hast recht, Thorhild! Lasst uns feiern! Bring dem Thorgest noch Bier", rief er der Magd zu, und diese brachte sofort einen gefüllten Krug an den Tisch.
So feierten sie das Fest, und Thorhild hatte ein Auge auf ihren Gemahl, sodass der Abend friedlich endete. Doch für Erik Thorvaldsson war die Geschichte noch nicht erledigt, wie mancher glaubte. Er wollte sein Eigentum zurück. Koste es, was es wolle!

*

Die Zeit verging, und immer, wenn Erik der Rote über die hölzernen Pfosten, sein Eigentum, zu sprechen begann, musste ihn sein Weib beruhigen. Denn nur zu gern hätte er Thorgest gezeigt, dass ein Erik Thorvaldsson sich nicht bestehlen ließ.
„Du wirst wegen der Pfosten keinen Streit vom Zaun brechen!", befahl ihm sein Weib. „Aber sie gehören mir, und sie sind von hohem Wert! Dereinst soll sie Thorvald in

seinen Besitz nehmen, wenn er sich einmal ein Weib nimmt", verteidigte sich der Bauer.

„Schon einmal hat man uns fortgejagt, und es kommt noch soweit, dass man dir den Kopf zwischen die Beine legt", rief Thorhild wütend.

Da begann Erik zu lachen. „Das wagt kein Jarl hier auf Island. Ich bin ein reicher Mann! Und reiche Männer werden nicht hingerichtet!"

Doch Thorhild gab sich mit diesen Worten nicht zufrieden und sprach: „Dies ist ein neuer Hof, ein neues Heim, und ich will ihn nicht verlieren! Nicht jetzt, denn ich gehe mit einem Kind!"

Da war die Freude bei dem rotbärtigen Bauern groß, und so gab der jähzornige Mann das Versprechen ab, Ruhe zu halten. Das Kind wurde geboren, und der Knabe erhielt den Namen Thorstein!

Wieder verging einige Zeit, da geschah, wovor sich Thorhild immer gefürchtet hatte. Ihrem Gatten kam zu Ohren, das Thorgest im Bierrausch immer öfter vor anderen damit prahlte, dem reichen und gefürchteten Bauern Erik die kostbaren Bettpfosten genommen zu haben. Dies konnte und wollte der Bauer nicht ungestraft auf sich sitzen lassen. Die Warnungen seines Weibes, den Fall dem Jarl vorzutragen und vor den Thingrat zu bringen, wiegelte er zornig ab. „Ich bin in der Lage, solch eine Kleinigkeit allein zu regeln", gab er der Thorhild zur Antwort.

„Erschlage ihn nicht", bat ihn sein Weib eindringend, doch Erik schüttelte den Kopf. „Wenn es sein Schicksal ist und die Nornen[12] es so bestimmt haben, vermag ich es nicht zu ändern!"

---

[12] Nornen – Die Göttinnen des Schicksals

Er rief einige Männer, die in seiner Schuld standen, auf den Hof und verlangte, dass sie ihm folgen sollten, um das an ihm begangene Unrecht wieder gut zu machen.
Die Männer zeigten sich einverstanden und wurden gut bewirtet. Ein jeder fand seinen Schlafplatz in der Halle des Hauses, und am nächsten Morgen machten sie sich in vollem Rüstzeug auf den Weg, denn Erik der Rote war fest entschlossen, sein Eigentum zurückzuholen.
Mit grauen Wolken war der Himmel verhangen, doch es regnete nicht. Nur ein heftiger Wind wehte über das Land, und Vögel ließen sich von ihm tragen, als wäre es für sie ein lustiges Spiel. Die sechs Reiter und das Packpferd, das Erik mit sich führte, überquerten Geröllfelder und vom Regen aufgeweichte Wiesen, bis sie den Hof des Widersachers in einer Senke vor sich liegen sahen.
Vor dem Haus des Bauern Thorgest zügelten sie ihre Pferde und schwangen sich aus den Sätteln. „Thorgest!", rief Erik den Namen des Bauern, doch er bekam keine Antwort.
Da trat er mit dem Fuß die Tür des Hauses ein und stürmte in das Innere, gefolgt von den fünf Kriegern.
Doch dort trafen sie nur auf die ängstliche Familie und das Gesinde des Bauern, und einzig sein Weib erhob sich und stellte sich dem Roten mit der Axt in Händen entgegen.
„Was fällt dir ein, Erik Thorvaldsson? Habe ich dich in mein Haus geladen?"
„Wo ist dein Mann, Weib?", fragte Erik streng. „Er ist nicht hier, also geh wieder!", forderte die Herrin des Hauses.
„Ich kam, um zu holen, was mir gehört", sprach der Mann, und ließ keinen Zweifel daran, dass er nicht ohne sein Eigentum gehen würde. „Und wenn du nicht heute noch in das Reich der Hel einziehen willst, dann lege die Axt fort!"
„Du wirst hier gar nichts mit dir nehmen, oder du holst dir einen blutigen…!" Den Satz hatte sie nicht zu Ende gesprochen, da traf sie der Schlag des großgewachsenen

Kriegers am Kopf, die Axt fiel aus ihren Händen, und sie taumelte der Magd und dem alten Knecht in die Arme.
„Nun ist meine Geduld am Ende! Los, holt mein Eigentum!" Zwei Männer begaben sich in die Schlafkammer des Bauern, es krachte und polterte laut. Dann wurde es wieder ruhig, und die Männer kamen mit den fein beschnitzten Bettpfosten zurück. Ohne weitere Worte verließen die Krieger das Haus des Thorgest und banden die Pfosten auf das Packpferd!
„Du bist ein Dieb, Erik Thorvaldsson! Sollen die Wölfe des Einäugigen dir das Fleisch von den Knochen reißen, du Hundsfott", rief das Weib des Thorgest in äußerstem Zorn heraus. „Diese Bettpfosten gehören uns!"
Doch der Rote schenkte ihr keine Beachtung mehr und trat mit seinen Männern ins Freie.
„Vielleicht sollten wir gleich alles niederbrennen, als Warnung", brummte er, doch einer seiner Begleiter klopfte ihm auf seine Schulter und sprach ruhig: „Ach, lass sie! Du hast, was du wolltest. Oder willst du die Götter erzürnen?"
Erik gab sich also zufrieden, und die Männer verließen den Hof.

Es war bereits spät, als die Reiter den Weg nach Westen einschlugen, und schnell brach die Dunkelheit über sie herein. So schlugen sie ein Lager für die Nacht auf und legten sich bald zur Ruhe. Doch noch am selben Abend kamen Thorgest, seine Söhne und einige Freunde zurück auf den heimischen Hof, und groß war die Wut des Bauern, als er erfuhr, was geschehen war. Er riss seinen Schild von der Wand und stürmte hinaus in die Dunkelheit.
„Erik Thorvaldsson, du elender Trollschiss! Ich werde dich töten", hallte sein wütender Ruf durch die Nacht. Dann schwangen sich die Männer in die Sättel ihrer Pferde und ritten in die Dunkelheit hinaus. Vier Söhne im kampffähigen

Alter hatte Thorgest, dazu kamen noch drei Freunde des Bauern.

Es war eine kalte Nacht, der Himmel war wolkenverhangen, und nur manchmal fand das fahle Licht des Mondes einen Weg durch die Wolken. Den Hufschlag der Pferde konnte man weit hören, doch dies störte den Thorgest wenig.

Er wollte den Kerl vor seine Klinge bekommen, der es gewagt hatte, sein Weib zu schlagen, und der ihm die wertvollen Bettpfosten genommen hatte. Da erkannten sie plötzlich in der Ferne das Licht eines Lagerfeuers.

„Dort", sagte der älteste Sohn und zeigte in Richtung des hellen Scheins. „Ich habe es längst gesehen. Odin ist uns gnädig!", antwortete Thorgest voller Wut und Kampfeslust. „Lasst uns absteigen und schleichen. Dann werden wir sie überraschen", schlug einer der Begleiter vor. Da sah der Bauer den Mann zornig an. „Du willst die Feinde im Schlaf überraschen?" Der Mann nickte.

„Niemals will ich vor Odin treten mit der Schmach auf dem Gewissen, einen Schlafenden getötet zu haben", widersprach Thorgest. „Der rote Erik soll wissen, wer ihn erschlug!"

Von ferne hörten sie leise die Brandung, die gegen die Klippen schlug. Irgendwo dort war der Hof eines Nachbarn, der Spitzklipp hieß. Nun schlug der Bauer seinem Pferd die Hacken in die Flanke und trieb es an. Die anderen folgten ihm stumm.

Vom Hufgetrampel geweckt, waren die Männer um Erik den Roten aus ihren Schlafsäcken gekrochen und hatten sich erhoben, hatten ihre Schwerter und Äxte aus ihren Gürteln und Wehrgehängen gezogen und erwarteten nun diejenigen, die sich ihrem Lager näherten.

Thorgest und sein Gefolge zügelten die Pferde, als sie das Licht des Lagerfeuers erreichten. Sie schwangen sich aus den Sätteln und traten aufrecht dem Gegner entgegen. Den Vorteil der Überraschung hatten sie vertan.

„Du elender Scheißkerl, du hast es gewagt, mein Weib zu schlagen, und du hast mein Eigentum gestohlen! Es ist an der Zeit für dich, vor den Allvater zu treten und für deine Bosheit Abbitte zu leisten!", rief Thorgest erzürnt, riss sein Schwert empor und stürzte sich mit einem lauten Wutschrei auf den Rotbart. Dieser aber wehrte den Schlag mit Leichtigkeit ab, und auch ein zweiter Hieb des Angreifers konnte ihm nichts anhaben. „Dein Weib lebt, also sei zufrieden, Dummkopf", erwiderte Erik. „Und die Bettpfosten gehören mir! Also gib Frieden, ich versprach der Thorhild, dich zu schonen!"

„Was, du willst mich schonen?" Dieser Satz erboste Thorgest noch viel mehr, und er schlug fester zu.

Doch nun reichte es dem Bauern Erik, und er nahm den Kampf an.

Auch die anderen Männer hatten begonnen aufeinander einzuschlagen, und der Klang des aufeinandertreffenden Eisens war in der Nacht weithin zu hören.

Zwei Männer hatten auch schon den Tod gefunden. Einer aus dem Gefolge des Roten und der jüngste Sohn des Thorgest. So wurde der Kampf immer wilder geführt, und die Wut und der Jähzorn des Thorvaldsson schien ihm besondere Kräfte zu verleihen. Schnell wurde nun dem Thorgest gewahr, dass er dem Erik unterliegen würde. Und so kam es!

Trotz seiner Größe war der einstige Norweger ein leichtfüßiger und gewandter Kämpfer. Er wehrte einen Hieb ab, schlug so fest gegen die Klinge seines Gegners, dass diese weit zurückfederte, und schnell folgte sein eigener Schlag. Dieser fuhr den Thorgest tief in den Schädel, und ein zweiter Hieb durchschlug ihm die Kehle. So folgte er schon bald seinem Sohn in die Hallen Odins.

Die Übermacht der Angreifer war zusammengeschmolzen, und noch zwei weitere Männer des Bauern Thorgest wurden an die Tafel des Allvaters gerufen, darunter auch dessen ältester Sohn. Da ergriffen die anderen Männer die Flucht, schwangen sich in die Sättel und ritten davon.
Einer der Krieger des Erik hauchte noch sein Leben in den Armen eines Kampfgefährten aus, dann war der Spuk beendet. Erik Thorvaldsson brachte die kostbaren Bettpfosten in sein Haus und war zufrieden.

Dann kam der Winter und brachte den Menschen auf der Eisinsel Ruhe, doch im Frühjahr kam, was kommen musste. Das Weib und die beiden überlebenden Söhne des Thorgest hatten den Fall dem Jarl des Gaus vorgetragen, und dieser zitierte den Bauern Erik Thorvaldsson vor seinen Hochstuhl. Der Totschlag an seinem Nachbarn und dessen Söhnen wurde ihm zur Last gelegt, und er sollte sich dafür verantworten.
Wieder begab sich der Rote auf den Hof seines Vaters, um dessen Hilfe zu erbeten, die ihm Thorvald auch gewährte, und mit nicht weniger als zwanzig Kriegern im Gefolge stellte sich Erik dem Thingrat.
Der Jarl hörte sich beide Seiten an, ließ Zeugen sprechen und befragte die Anwesenden, ob schuldig oder unschuldig. Der Jarl selbst stellte sich auf die Seite des Angeklagten, doch der größte Teil der Anwesenden sah die Schuld Eriks des Roten bewiesen. Da nahm sich der Jarl vor, ein mildes Urteil zu fällen. Nicht allein wegen der Krieger, die eine Hinrichtung des Schuldigen sicher hätten verhindern wollen, und das hätte viele Anwesende das Leben gekostet.
Es war im Mai des Jahres 982, als man Erik Thorvaldsson zu drei Jahren Verbannung verurteilte. So konnte er seine Habe behalten und wieder nach Island zurückkehren.

Doch die Sippe des Thorgest war mit dem Urteil ganz und gar nicht einverstanden, und die Söhne schworen dem Erik Blutrache. Da ritt Erik mit seinem Gefolge zum Hof des Thorgest und rief die Söhne und auch die Herrin des Hofes vor das Haus. „Ich komme, um es euch leicht zu machen! Drei Jahre werde ich fort sein, und ich will nicht, dass meine Familie in diesen drei Jahren in Angst leben muss", sprach der reiche Bauer zu den Brüdern. „Hier stehe ich und warte darauf, dass ihr euren Schwur erfüllt!"

Doch es geschah nichts! Das Weib und ihre beiden Söhne schwiegen, auch wagte keiner sein Schwert zu ziehen. Erik der Rote wartete einen Moment, dann sprach er mit zornig zischender Stimme: „Ich will euer Wort darauf, dass meiner Sippe kein Leid geschieht. Weigert ihr euch, so werdet ihr jetzt auf der Stelle sterben! Alle! Niemand wird verschont werden. Kein Mensch und kein Stück Vieh! Die Flammen werden diesen Hof auffressen, und die Sippe des Thorgest wird ihr Ende finden!"

Die Söhne sahen die Krieger an, die zahlreich auf ihrem Hof standen, da sprach der Ältere: „Solange du fern von Island bist, soll unsere Rache ruhen!"

Da nickte Erik zustimmend. „Solltest du deine Worte vergessen, wird es den Kriegern meines Vaters eine Freude sein, meine Drohung wahr zu machen!"

Die Männer wendeten ihre Pferde und verließen den Hof.

*

Sofort hatte Erik der Rote damit begonnen, sein Schiff hochseetauglich und seeklar zu machen, und der Mann mit dem roten Bart hatte auch schon eine Vorstellung, wohin ihn die Verbannung führen sollte. Er erinnerte sich an eine Saga, die er vor einiger Zeit von einem Fischer gehört hatte. Eine Geschichte, die sich die Menschen auf Island erzählten, und die von einem Seefahrer namens Gunnbjörn handelte. Dieser war auf einer Fahrt, die ihn von Norwegen nach Island führen sollte, vom Kurs abgekommen und an der Eisinsel vorbeigesegelt. Weiter und weiter hatte ihn der Wind getragen, bis er eine Küste entdeckte. Dies sollte das Ziel des Roten sein! Neues Land, weit im Westen!

Es kam der Tag der Abreise, und viele Leute waren an den Strand gekommen, um zu sehen, ob der jähzornige Bauer sich dem Thingspruch des Jarls auch wirklich beugte. Fünfzehn Männer, gute Seefahrer und Krieger, hatten sich dem Roten angeschlossen, und dazu hatte Erik auch noch fünf Sklavinnen an Bord genommen. Denn es war ja seine Absicht, nach neuem Land zum Siedeln zu suchen, und so war auch einiges an Vieh auf dem Schiff.
Seine eigene Familie aber blieb auf dem Hof zurück, gut beschützt von Thorvald und den Seinen.
Es rannen viele Tränen, als sich Erik von seinen Kindern und seinem Weib Thorhild verabschiedete, denn es lagen ja drei lange Jahre der Trennung vor ihnen! Doch dann begab sich der Thorvaldsson in das Beiboot und gab das Zeichen, sodass die Männer den Nachen in die Fluten schoben. Als letzter der Besatzung ruderte der Anführer hinaus in den Fjord, wo sein Schiff bereits vor Anker lag, um auf die Flut zu warten.
Bald schon wurde das Segel kleiner und kleiner, bis es hinter einer Felsklippe verschwand.

Erik Thorvaldsson zählte nun zweiunddreißig Winter und galt als guter Seemann, denn er verstand es, die Peilscheibe hervorragend zu gebrauchen, und so erblickten sie nach vielen Tagen auf See, nach einer Fahrt durch hohe Wellen und eisigen Wind, endlich in der Ferne eine Küste. Kahl und wenig einladend wirkte das Land, und weit im Inneren

erhoben sich dunkelblaue Gletscher. Sollte dies das Land sein, das Gunnbjörn entdeckt hatte?
Näher und näher steuerte er das Knarr der Küste entgegen und schlug dann einen südlichen Kurs ein, und tatsächlich wurde der Boden langsam grün. Bald schon erkannten sie sattgrüne Wiesen, diese reichten bis weit in das Landesinnere hinein. Sie erreichten die südlichste Spitze dieses Landes, und auf einer kleinen Insel gingen sie an Land.
Der Herbst war schon weit vorangeschritten und dicke Schneeflocken wirbelten durch die Luft, da entschied der Anführer, auf der Insel den Winter zu überdauern. Sie bauten ein Wik[13] auf und warteten auf die warme Jahreszeit. Zu Eriks Verwunderung dauerte der Winter nicht so lange wie erwartet[14], und als es das Wetter zuließ, verließen sie die Insel und erreichten bald die Mündung eines großen Fjordes. In diesen steuerte der Schiffsführer sein Knarr, und als sie eine Weile durch die dunklen Fluten gesegelt waren, vorbei an einer hoch über den Fjord hinaufragenden Steilküste, fand der Steuermann eine geeignete Stelle zum Anlanden. Erik ließ das Segel einholen und steuerte den Kiel seines Schiffes sanft auf den Strand. Dieser Platz gefiel dem Entdecker gut, und er gab den Befehl, hier das Lager zu errichten.
Die Zeit verstrich, und die Männer um Erik den Roten erkundeten das neue Land zur Genüge. Einige von ihnen wanderten die Westküste entlang nach Norden hinauf, und auch dort war das Land angenehm und gut zum Siedeln

---

[13] Wik – Winterlager der Nordleute
[14] Wissenschaftler bezeichnen diese Zeit als das „kleine klimatische Optimum", da in dieser Epoche (ca. 200 Jahre andauernd) die Temperaturen in dieser Region deutlich anstiegen.

geeignet. So entschied der Anführer, dass die Männer ausschwärmen sollten, um für sich geeigneten Grund und Boden abzustecken, welches sie bewirtschaften sollten. Erik Thorvaldsson erhob sich zum uneingeschränkten Herrn über das Land und nannte es „das grüne Land"!

Die Zeit verging, und bald waren die drei Jahre der Verbannung vorüber. Den Menschen im Gefolge des Erik war es recht gut ergangen, und die meisten von ihnen wollten gar nicht mehr fort. Sie hatten den größten Teil dieses Landes erkundet, waren nach Norden gesegelt und hatten sogar die Überreste menschlicher Behausungen gefunden. Menschen aber begegneten ihnen nicht. Dieses Land ähnelte Island und gleichermaßen auch Norwegen. Es gab große Fjorde und Berge, grünes Weideland und viele Pelztiere wie Eisbären und Polarfüchse. Es gab Wale und auch Walrösser mit ihren mächtigen Zähnen. Nur Bäume gab es nicht. Aber vor allem gab es hier keinen Jarl oder König, der sie auspresste, wie es ihm gefiel. Hier führte Erik der Rote das Wort, und zur größten Verwunderung aller tat er dies gerecht und nachsichtig. Es gab ja genug Platz für alle, so blieben heftige Streitereien aus.
Vier Männer, denen Erik die Sklavinnen gegeben hatte, eine wärmte sein eigenes Bett, wollten in der neuen Welt bleiben. So wählte er noch einen Mann aus, gab ihm die Sklavin, die die seine war, und ließ das Schiff seeklar machen. Es war für Erik an der Zeit, nach Island zurückzukehren!
Doch nur, um den Menschen von seiner Entdeckung zu berichten und so viele wie möglich davon zu überzeugen, ihm nach Grönland zu folgen. Und natürlich auch, um seine Familie zu holen.

*

Es war das Frühjahr 985, als Erik der Rote mit seinem
Schiff die Westküste von Island erreichte. Und schon bald
darauf lag sein Schiff in dem kleinen Fjord, in dem sich sein
Hof befand, auf dem Strand. Fast unbemerkt hatte er seinen
Fuß wieder auf isländischen Boden gesetzt.
So begab er sich zu seinem Hof, und ihm begegnete zuerst
ein Knabe von etwa sieben Wintern, der auf der niedrigen
Steinmauer saß, die den Hof umgab. Erstaunt sah er den
Mann an, der da vor ihn trat. Irgendwie kam ihm der
Fremde bekannt vor, und Thorstein fand, dass dieser Mann
mit dem langen roten Bart und dem ebenso roten Haar
seinem großen Bruder ähnlichsah. „Na Bursche, wie ist dein
Name?", fragte der Fremde. Mit einem misstrauischen Blick
antwortete der Knabe: „Thorstein!"
„Thorstein! Das ist ein guter Name! Wo ist deine Mutter?",
fragte Erik mit ruhiger Stimme. „Sie ist im Haus. Wer bist
du?" Eine Antwort bekam der Knabe nicht, denn Thorvald,
der inzwischen fünfzehn Winter zählte, kam aus dem Haus
und sah seinen Vater an der kleinen Mauer stehen.
Ein lauter Freudenschrei entfuhr seiner Kehle, er wandte
sich um ins Haus und rief: „Er ist da! Mein Vater ist
zurückgekehrt!"
Dann lief er dem Rotbart entgegen, und dieser schloss
seinen Erstgeborenen freudig in die Arme. „Du bist ein
strammer Kerl geworden, mein Sohn!" Er beugte sich leicht
vor und sah in das Gesicht des Thorvald. „Und der Bart
fängt auch an zu sprießen!" Dann wandte er sich seinem
jüngsten Sohn zu: „Na, erkennst du mich nicht?"
Thorstein hatte gerade einmal vier Winter erlebt, als sein
Vater Island verließ, und er konnte sich beim besten Willen
nicht an den Mann erinnern. Da schlug Thorvald seinem
Bruder gegen die Schulter und sagte streng: „Das ist dein

Vater, du dummer Kerl!" Der große Mann griff mit beiden
Händen zu und nahm den Knaben in den Arm.
„Ja, Thorstein, ich bin dein Vater!"
Nun kamen von allen Seiten auch alle anderen Bewohner
des Hofes zum Vorschein. Thorhild, Freya und die Magd
kamen aus dem Haus. Leif und der Knecht aus dem Stall.
„Bei allen Göttern von Asgard, du bist heimgekehrt!", rief
Thorhild und umarmte ihren Mann. Und auch bei der jungen
Freydis, die nun neun Winter zählte, war die Freude groß,
obwohl sie, wie ihr jüngerer Bruder, nur noch wenig
Erinnerung an den rotbärtigen Mann hatte.
Nachdem der Seefahrer sein Weib liebevoll umarmt und
geküsst hatte, wandte er sich seiner Tochter zu und liebkoste
auch diese. Dann trat er zu seinem Sohn Leif, der um ein
Jahr älter war als die Freydis. „Na Leif, erkennst du mich
auch nicht?", fragte er seinen Sohn. Der blonde Knabe sah
finster drein. „Natürlich erkenne ich dich, du bist mein
Vater!"
Die Worte des Knaben waren mit wenig Freude gesprochen,
und Erik legte auch ihm die Hand auf die Schulter. „Nun bin
ich wieder daheim, und ich werde einen Mann aus dir
machen. Einen Mann und Krieger!" „Ja, und ich werde eine
mutige Schildmaid werden!", rief da die junge Freydis, und
Erik der Rote lachte laut auf.
„Das möge Frigga zu verhindern wissen, doch ich befürchte,
nicht einmal sie wird dich zügeln können", sprach Thorhild
zu dem rothaarigen Mädchen, „und nun geh ins Haus und
hilf der Sigi beim Richten der Mahlzeit. Die Männer werden
hungrig sein!" Die Magd hatte die Worte ihrer Herrin
gehört, ergriff die Freydis am Arm und zog diese mit sich in
das Haus. Da sah Erik sein Weib an und sprach zu ihr: „Geh
du nur, Thorhild. Ich muss noch einmal hinunter zum
Strand, damit die Männer unsere Fracht auf den Hof
schaffen." Freudig nahm das Weib seinen Gatten in die

Arme und küsste ihn, dann ging auch sie in das große Haus.
Der Rote, seine drei jungen Söhne und der Knecht begaben
sich hinunter zum Strand.

*

Einige Tage waren vergangen seit der Ankunft Erik
Thorvaldssons auf Island, und nicht jeder in dieser Gegend
der Insel war darüber erfreut. Doch dies war dem Erik
einerlei. Obwohl nun die Möglichkeit eines Racheaktes der
Sippe des Thorgest zu erwarten war. Aber der Plan des
Roten würde diese Gefahr bannen.
Es war bereits die Dunkelheit über den kleinen Fjord
hereingebrochen, und der Hof war von Fackelschein hell
erleuchtet. Da kamen nach und nach Männer in das Haus
des Thorvaldsson. Es waren junge Männer, Bauern, deren
Höfe nicht viel hergaben oder die die Abgaben an den Jarl
erdrückten, dazu die Söhne der Bauern, die vom Erbe ihres
Vaters wenig zu erwarten hatten, und sogar freie Knechte
waren dem Ruf Eriks in sein Haus gefolgt. So mancher
Mann hatte sogar sein Weib mitgebracht sowie auch die
unverheirateten Schwägerinnen.
Und sie staunten nicht schlecht, als sie, freundlich von Erik
und seinem Weib Thorhild empfangen, in die Halle des
großen Hauses traten. Auf den Podesten an den Längsseiten
des Gebäudes lagen feinste Felle, und die Hausfrau sowie
ihre Magd sorgten dafür, dass die Gäste gut bewirtet
wurden.
In der Mitte des großen Raumes standen Tische, und auf
diesen hatte Erik die Güter aus der Welt, die er entdeckt
hatte, auftürmen lassen. Felle über Felle von bester Güte
lagen dort. Robbe, Rentier, Polarfuchs und sogar das Fell
eines Eisbären. Dazu getrockneter Fisch, Walrosszähne und
Fett und Knochen vom Wal. Und als hätte die Vielzahl und

die Qualität der Güter noch nicht ausgereicht, hingen alle wie gebannt an den Lippen des Entdeckers. Er sprach von grünen fetten Wiesen, von fischreichen Flüssen und Fjorden, von der Weite des Landes, die jedem genügend Platz für einen eigenen Hof böte. Und vor allem sprach er davon, dass es keinen Jarl oder König gab, dem sie durch einen Schwur abgabepflichtig wären.

Schnell sprachen sich die Worte des Mannes herum, der von der Insel verbannt gewesen war, und viele wollten ihnen keinen Glauben schenken. Schließlich war der Ruf dieses Kerls nicht der Beste. Doch diejenigen, die an diesem Abend in dem Haus des Rotbarts waren, schworen bei Odin und allen Göttern von Asgard, dass er die Wahrheit sprechen musste, und sie gesehen hatten, was er von seiner Reise aus dem neuen Land mitgebracht hatte. Die Menschen wurden neugierig und kamen sogar auf den Hof des Thorvaldsson, um mit eigenen Augen zu sehen, was sie gehört hatten.
Eines Abends sprach Thorhild zu ihrem Mann: „Warum machst du allen den Mund wässrig, Erik? Was hast du vor?"
Erik saß auf der Kante seines Bettes, hatte gerade seinen zweiten Schuh ausgezogen und warf diesen dem ersten hinterher. Dann zog er seine Tunika über den Kopf, entledigte sich seiner Beinkleider und schlüpfte zu seinem Weib in das Bett, dessen Pfosten ihm soviel Ärger eingebracht hatten.
„Nun sag schon", drängte Thorhild. „Willst du etwa, dass wir Island verlassen?" Überrascht sah Erik sein Weib an. Hatte sie es nicht begriffen?
„Aber natürlich werden wir nach Grönland gehen! Und wir werden so viele mit uns nehmen, wie wir können." Dann nahm er sein Weib in den Arm und beendete die Unterhaltung.

Doch dann geschah etwas, woran Erik niemals geglaubt hatte. Ein Mann kam auf seinen Hof, begleitet von Kriegern, und es zeigte sich, dass dieser ein Häuptling war.
„Ich bin Herjolf vom Herjolfsfjord, und die Geschichte deiner Entdeckung drang an mein Ohr und noch so einiges mehr." Der Großbauer hatte den Namen dieses Mannes schon einmal gehört und wusste, dass er einen Häuptling vor sich hatte. Dies war ein Mann, dem ein ganzes Dorf folgte.
„Komm in mein Haus und sei mein Gast, Herjolf! Du siehst mich verwundert über deinen Besuch!"
„Warum wundert es dich, dass es auch mich nach einem Land dürstet, in dem es mir besser geht als hier?", fragte der Häuptling aus dem Osten der Insel und zog seine Brauen hoch. Die Männer begaben sich in die Halle, und Erik bewirtete seinen Gast gut. Und er erfuhr, dass das gesamte Dorf dem Häuptling in das neue Land, das Erik „das grüne Land" getauft hatte, folgen wollte.
Doch Erik der Rote sollte sich noch wundern, denn seine Worte über die Schönheit dieses neuen Landes wurden wie vom Wind getragen über die ganze Insel verbreitet. Und so wie die Zeit des Jahres verging, kamen mehr und mehr Männer auf den Hof, um dem Erik ihre Bereitschaft zu verkünden, ihm folgen zu wollen. Und es waren nicht weniger als zehn Häuptlinge mit ihrer Gefolgschaft darunter. Und als es Frühling wurde, die Mönche schrieben das Jahr 986 n. Chr., da gab Erik der Rote den Zeitpunkt der Abreise bekannt.
Als aber der Tag des Aufbruches nahte, das Schiff des Thorvaldsson lag bereits mit vielen Sachen beladen an dem Anlegesteg festgemacht, kamen mehr und mehr Segler in den Fjord und gingen vor Anker. Zwei Tage vor der Abreise glich der Strand einem riesigen Heerlager, so viele Menschen tummelten sich zwischen den Zelten, und in dem

Fjord war die Zahl der Schiffe auf dreiundzwanzig angestiegen.
Dann begann der Rotbart sein Vieh auf das Schiff zu verladen. Zwei Kühe und einen Bullen gab es schon bei den Zurückgebliebenen auf Grönland, einige Schafe und Ziegen, sowie eine Menge an Kleinvieh. Zuletzt kam auch seine Familie auf das Knarr.
Die Taue wurden gelöst, und der Segler Eriks des Roten entfernte sich langsam vom Steg. Dann ließen die Männer die Ruder in die Fluten tauchen, und der Rote selbst steuerte sein Schiff in Richtung offene See hinaus.
Die Flotte hatte mehr als fünfundzwanzig Schiffe, als sie den Breidafjord im Westen Islands verließ um in die von Erik Thorvaldsson entdeckte neue Welt zu segeln. Es waren nicht weniger als sechshundert Menschen, die sich dem Rotbart angeschlossen hatten, darunter ganze Dorfgemeinschaften, angeführt von ihren Häuptlingen.

Doch die Götter schienen dem Vorhaben des Erik Thorvaldsson feindlich gesinnt, denn sie ließen zu, dass Ran[15] wütend ihr Netz schwang, um die Seefahrer in die Tiefe zu ziehen. Einen mächtigen, furchtbaren Sturm ließ sie über der Flotte der Auswanderer aufziehen. Grau waren die Wolken und düster das Meer.
Der Tag war zur Nacht geworden, und heftiger Regen peitschte die Gesichter derjenigen, die die Schiffe steuerten. Blitze schossen aus dem Himmel herab, denn Thor schien der Ran zu zürnen. Vier Männer hätte man übereinanderstellen können, und doch wäre es dem oberen nicht gelungen, die Kronen der Wellen zu greifen, so hoch

---

[15]Ran – düstere Meeresgöttin, zieht die Seefahrer bei Sturm
    mit ihrem Netz in die Tiefe, gebietet über die Seelen
    der Ertrunkenen, Weib des Ägir

hatten diese sich aufgetürmt. So verkrochen sich die meisten unter die über den Decks als Zelte gespannten Planen, um dort Schutz vor der Nässe zu suchen. Einige baten leise, dass die Götter ihnen helfen mögen, andere schrien es laut hinaus. Doch viele blieben stumm und legten ihr Schicksal in die Hände ihrer Götter. Den Steuermännern blieb für derlei Taten keine Zeit. Sie hatten zwar die Schlaufen um die Ruderstangen gelegt, doch trotzdem mussten sie kämpfen, damit sie nicht von den riesigen Wellen fortgerissen wurden.
Irgendwann war ein Zeitpunkt gekommen, da vermochte kein Segel, kein Ruder und auch kein Mann mehr etwas auszurichten. Die meisten Schiffsführer holten die Segel ein und legten nun auch ihr Heil in die Hände der Götter! Natürlich versuchten sie trotzdem, ihre Schniggen[16] und Knarren auf Kurs zu halten, und so standen sie die ganze Nacht auf den Heckständen ihrer Schiffe. Doch auch ihre Kräfte waren irgendwann aufgebraucht, und so sanken viele in der Nacht auf die Planken nieder.

Als endlich der Morgen dämmerte, hatte sich die See beruhigt! Die Flotte des Erik war weit auseinandergetrieben, und es dauerte lange, bis einige Schiffe wieder zueinander fanden. Doch es schien, als hätte Ran in dieser Nacht fette Beute gemacht. Von den fünfundzwanzig Schiffen, die Island verlassen hatten, fanden nur vierzehn wieder zusammen. Und die Menge an Treibgut, die Kadaver der Tiere und auch die vereinzelten Toten, die an ihnen vorüber trieben, ließen das Schlimmste befürchten.

---

[16]Schnigge – schnelles, schmales, Langschiff der
         Nordmänner, hatte bis zu vierzig
         Riemen

Einige Tage trieben die Schiffe umher, die Steuermänner versuchten sie an einem Ort zu halten, falls noch Schiffe nach ihnen suchten. Es war ja möglich, dass einige weit abgetrieben worden waren. Doch es schien, als hätte das Heil viele der Schiffsführer verlassen.
So gab Erik Thorvaldsson den Befehl, die Segel zu setzen, und die Flotte folgte ihm.

Die gute Laune der Auswanderer war nun merklich gesunken, zwar war dies nach einigen Tagen auf See meistens so, aber nach einem heftigen Sturm verloren die Menschen oft den Mut und begannen zu zweifeln. Doch als der erste Ruf „Land in Sicht" über das Meer hallte, stieg die Stimmung auf den Seglern spürbar an. Die Schiffe segelten näher an die Gestade heran und folgten diesen erst in südlicher Richtung, denn der Sturm hatte sie weit nach Norden abgetrieben, dann umschifften sie die südlichste Spitze Grönlands und nahmen nun wieder Kurs nach Norden. Und bald schon zeigte sich ihnen die zerklüftete Landschaft mit den großen und kleinen Fjorden. In den größten, der bereits den Namen des Thorvaldsson trug, steuerte Erik sein Knarr, und bald erreichten sie die Bucht, die der Ostsiedlung als Hafen diente.
Freudig wurden die Ankömmlinge begrüßt und ihre Schiffe auf den Strand gezogen. Planken wurden von den Schiffen in den Sand geschoben, und man begann sofort damit, das Vieh an Land zu bringen.
Erik selbst staunte nicht weniger als die Neuankömmlinge, als er den Strand betrat. Ein großes Lager wurde errichtet, Zelte aufgebaut und Feuer entzündet. Da trat Thorhild zu ihrem Gemahl und fragte: „Wo soll unser Hof errichtet werden, Erik? Ich denke doch, du hast dich so gut umgesehen, dass du ein schönes und fruchtbares Stück Land für dich beansprucht hast!"

Da begann Erik der Rote breit zu grinsen. „Wie gut du mich doch kennst, mein Weib!" Erik ergriff Thorhild, hob sie vom Boden hoch und küsste sie überschwänglich. Er setzte sein Weib wieder auf festen Boden und hob dann seinen rechten Arm, um mit dem Finger auf den Steilhang in der Ferne zu zeigen. „Dort oben werden wir unseren Hof errichten!"

Schon am nächsten Morgen, Erik und seine Söhne hatten das Zelt abgebaut und all ihre Habe auf Karren geladen, machte er sich mit seiner Familie auf den Weg zu diesem Steilhang.

Mühsam stiegen sie den Berg hinauf, und oben angekommen, traute Thorhild ihren Augen kaum, denn Erik war in der Zeit, die er hier verbracht hatte, nicht untätig gewesen. Fast den ganzen Herbst und den Frühwinter des letzten Jahres seiner Verbannung hatte er damit verbracht, an seinem neuen Hof zu arbeiten. Noch in diesem Sommer würde der Hof mit dem großen Langhaus, den Ställen und Vorratshäusern fertig sein.

Etwas unterhalb des Kammes des Steilhanges lag der Hof gut vor Wind geschützt, auf einer fetten grünen Wiese, und sogar ein kleiner Bach floss nicht weit des Gehöftes, den Erik der Rote Brattahlid nannte.

Bald schon kamen einige der Häuptlinge aus der Siedlung zum Hof des Thorvaldsson und erbaten sich von diesem, eine neue Siedlung errichten zu dürfen, denn sie wollten keine Enge ertragen, wo doch so viel Platz da war. Dies gefiel dem Thorvaldsson recht gut, und so schickte er sie die Westküste hinauf nach Norden.

Als der Herbst über das Land kam, erreichte ein Bote Brattahlid mit der Nachricht, dass die Häuptlinge eine weitere Siedlung erbaut hatten. Die Westsiedlung!

Eines Tages kam ein junger Seefahrer namens Bjarni nach Grönland, dessen Eltern bereits unter den ersten Einwanderern gewesen waren. Nun kam der Sohn, um seine Eltern zu suchen, die er noch auf Island vermutet hatte. Und dieser Seefahrer hatte eine Saga zu erzählen, denn der Sturm hatte ihn weit nach Westen abgetrieben, so weit, dass er eigentlich hätte über den Rand des Meeres fallen müssen. Doch stattdessen erblickte er Land. Land mit dichten Wäldern soweit das Auge reichte. Niemand aber wollte ihm diese Geschichte glauben, nur ein paar junge Ohren konnten sich nicht satt hören an der Saga vom fremden Land.
Der junge Seefahrer blieb in Grönland und sprach nie wieder über das fremde Land.
Die Winter und Sommer kamen und gingen auch wieder! Mehr und mehr Menschen fanden den Weg nach Grönland, und die Siedlungen wuchsen auf über sechshundert Menschen an. Und Erik Thorvaldsson war ihr unangefochtener Anführer!

*

„Ich werde, genau wie du, ein Entdecker sein!", sprach Leif zu seinem Vater Erik, der gemütlich in seinem Hochstuhl saß, und mit den Freunden, die er in sein Langhaus geladen hatte, um sein Bier zu trinken.
Erik der Rote war schon ein wenig angetrunken und hatte daher die Worte seines Sohnes nicht verstanden. „Was willst du?"
„Ich werde das Land suchen, von dem uns damals Bjarni erzählte", antwortete der Sohn, der nun zu einem erwachsenen und kräftig gebauten Mann geworden war. „Ich werde Bjarni sein Schiff abkaufen und damit nach Westen segeln!"

„Du bist ein erwachsener Mann, Leif", sprach Erik der Rote lallend zu seinem Sohn. „Du kannst tun, was du willst!"
„Doch bevor ich mich auf die Suche begebe, werde ich nach Osten segeln!", sprach Leif.
„Nach Osten?", fragte Erik überrascht. „Ich denke, du suchst das Land im Westen? Das wird aber ein ziemlicher Umweg sein!"
Die anwesenden Männer begannen belustigt zu lachen. „Ich will zuerst nach Norwegen segeln, um für Bjarni eine Ladung Waren nach Grönland zu holen, dann bekomme ich sein Schiff!"
Leif wollte seinen Vater sowie die Männer nicht erzürnen, und so hielt er seinen Mund und ließ das Gelächter über sich ergehen. Ihn störte der Umweg, wie Erik die Fahrt nannte, nicht, denn so konnte er die Seetauglichkeit des alten Schiffes überprüfen, bevor er nach Westen in das Unbekannte segeln würde.
Wenige Tage später hatte der junge Seefahrer eine Mannschaft beisammen, die bereit war, ihm zu folgen, und so schoben sie an einem kühlen, windigen Morgen den Kiel des Schiffes in die Fluten des Fjordes.

Der Sommer war vergangen, und irgendwann erschien ein Segel im Hafen der Ostsiedlung, und der Sohn des Roten kehrte heim. Mit einem bis an den Rand mit Waren gefüllten Schiff war Leif aus Norwegen zurückgekehrt. Doch die Rückkehr Leifs hatte nicht nur Freude gebracht! Zwar war Erik voller Stolz auf seinen Sohn und seine Sagas über das in der neuen Welt Erlebte, es weckte die Neugier der Menschen in der Ostsiedlung so wie in der Westsiedlung gleichermaßen. Aber da gab es etwas, das gefiel einigen Männern überhaupt nicht. Allen voran Erik Thorvaldsson! Bevor Leif den Kurs nach Westen eingeschlagen hatte, war er nach Norwegen gesegelt und war dort Gast am Hofe

König Olafs gewesen. Dieser war ein überzeugter Anhänger des neuen Glaubens, der sich mehr und mehr im Norden verbreitete. Und je länger Leif am Hof des christlichen Königs weilte, umso mehr bedrängte dieser den Seefahrer, sich den Segen des Christengottes zu sichern, bevor er in sein Entdeckerabenteuer aufbrach. Und schon bald gab Leif dem Drängen des Königs nach und ließ sich taufen.
Und mit ihm fast alle Männer seiner Besatzung. Doch Leif sollte auch den neuen Glauben nach Grönland tragen, von dem Olaf zur Genüge erzählt hatte, und so stellte der König dem Seefahrer einen Priester an die Seite.
Dieser Priester hatte mit der Hilfe seines Gottes oder auch ohne ihn, wer wusste, dass schon genau, die Zeit auf See überlebt. Nun stand der Mann in der Kutte eines Mönches an der Seite des Leif Eriksson auf dem Hof Brattahlid, hoch oben auf dem Steilhang. Und es kam, wie es kommen musste, während Leif sich aufmachte, um zu beweisen, dass die Geschichte Bjarnis nicht erfunden war, begann der Christenpriester mit seinem Bekehrungswerk.
Der Mönch hatte auch gar nicht lang gebraucht, um Thorhild von dem neuen Glauben aus dem Süden zu überzeugen. Ein Gott, der Nächstenliebe und Barmherzigkeit brachte, einer, der nicht die Leben Unschuldiger forderte, schien ihr kein schlechter Gott zu sein. Und wenn sogar ihr Sohn Leif Gefallen an dem neuen Glauben gefunden hatte, warum sollte sie dann daran zweifeln?
Nun, da sich das Weib des Erik dem neuen Glauben zuwandte, würden sicher noch viele andere Menschen folgen. So ließ sich Thorhild eine kleine Kirche bauen und empfing dort die Taufe.

Nachdem die Gläubigen das kleine Kirchengebäude verlassen hatten, begaben sich Leif, seine Familie und seine

Mutter Thorhild hinauf nach Brattahlid. Die Freude der Christen in den beiden Siedlungen war natürlich groß, und sie hatten dem Herrn Christus in ihren Gebeten dafür gedankt, denn niemand konnte sicher sein, dass Erik der Rote sich nicht gegen sie gewendet hätte. Aber nun!
Es war eine kleine christliche Gemeinde entstanden, die neben den Asenanbetern, deren größter Verfechter Erik der Rote und auch seine Tochter Freydis waren, Bestand haben sollte.
Nun war Thorhild dem Vorbild ihres Sohnes Leif also gefolgt und hatte den Glauben der Christen angenommen, und so trat sie vor ihren Gatten, mit einem silbernen Kreuz um den Hals. „Ich bin nun getauft, benetzt mit dem geweihten Wasser, und darum will ich fortan nicht mehr den Namen Thorhild tragen", sprach Eriks Weib mit fester Stimme. „Denn der Name eines Heidengottes ziemt sich wenig für eine Christin, darum nennt mich fortan Tjordhild!" Erik der Rote grummelte etwas in seinen Bart, aber er schien seinem Weib nicht widersprechen zu wollen. „Tue, was du willst, es ist dein Gott, nicht der meine!" Dann wandte er sich beleidigt ab und verließ das Haus.
Die Zeit verging, und der neue Glaube wurde zur Hauptreligion in Grönland. Es gab nur noch wenige, die an den alten Göttern festhielten.
Im Frühjahr des Jahres 1002 n. Chr., es war fast noch Winter, war ein Schiff in die Ostsiedlung gekommen, und auf diesem fuhr ein Mann namens Thorbjarna, und mit diesem Mann kam dessen Tochter, die schöne Gudrid nach Grönland. Es dauerte nicht lang, und das Herz des Thorstein war für das junge Weib entflammt. Es schien, als würde sein Verlangen erwidert, und so kam es, dass keine drei Monde vergingen, bis Thorstein und Gudrid sich vermählten.
Im Frühwinter desselben Jahres geschah es, dass in der Westsiedlung eine Krankheit ausbrach, die viele Opfer

fordern sollte. Die lange, kalte Zeit des Jahres zog über das Land. Doch ein Frühling folgt auf jeden Winter!
Thorvald, der älteste der Erikssöhne, beschloss nun dem Vorbild seines jüngeren Bruders zu folgen, denn es war die Gier auf die kostbaren Güter dieses Landes, die ihn trieb, und so rüstete er eine Expedition aus, um nach Vinland zu segeln. Da griff auch in der Ostsiedlung das Unheil der Krankheit um sich, und als Thorvald sein Segel setzte, um Grönland zu verlassen, lag sein Vater Erik der Rote auf dem Krankenlager darnieder, und es begann das Siechtum des einst so starken Mannes.
Tjodhild betete für ihren Gatten, doch Erik war ein überzeugter Anhänger der Götter in Asgard, und so schien der Herr Christus das Bitten des Weibes zu überhören. Auch die Opfergaben an Odin erwiesen sich als erfolglos, und so, das Eis der Gletscher begann bereits zu brechen, denn es wurde Frühling, da schloss Erik Thorvaldsson, den man den Roten nannte, seine Augen.
So wurde nun Leif Eriksson der Herr auf Brattahlid!
Thorvald, der als aufbrausender und jähzorniger Mann seinem Vater sehr ähnlich war, bezahlte einen Streit mit den Eingeborenen der neuen Welt, mit seinem Leben und kehrte nicht mehr nach Grönland zurück. Es schien, als seien die Götter ihm weniger gewogen als Leif dem Glücklichen.
Und auch Thorstein, den jüngsten Sohn Erik des Roten, hielt es nicht in Grönland. Mit seinem Weib, der schönen Gudrid an Bord, segelte auch er nach Vinland. Doch er hatte die neue Welt nicht finden können und war wieder heimgesegelt. Auf See ereilte ihn aber eine Krankheit, an der er starb. Sein Weib aber kam unversehrt nach Grönland zurück und wurde als Schwägerin in den Hausstand des Leif Eriksson aufgenommen.

*

5. Fenrir, der Wolf

Odin hielt seine Hände hinter dem Rücken versteckt, als er vor sein Weib trat und geheimnisvoll sprach: „Sieh, was ich gefunden habe, Frigga."
Er nahm seine Hände hervor, und das Weib des Göttervaters sah erst auf diese und dann dem Odin in sein Gesicht.
„Sieh nur, ein junger Wolf!", sprach er und hoffte darauf, in seinem Weib die Freude geweckt zu haben. Doch die erwartete Begeisterung beim Anblick des Welpen blieb aus. Frigga aber blieb ernst, ergriff den Kopf des Tieres und sah tief in dessen Augen.
„Schaff ihn fort", sprach sie fordernd und wandte sich ab. Odin sah sein Weib mit fragendem Blick an, denn er hatte gehofft, der Anblick des Welpen würde ihr Herz erweichen. Auf leisen Pfoten kamen da Geri und Freki, die beiden Wölfe des Asenkönigs, in die Halle gelaufen, und wieder schöpfte Odin Hoffnung, doch anstatt den Neuankömmling freudig zu begrüßen, begannen die beiden Graupelze zu knurren. „Siehst du! Sie mögen ihn auch nicht", sprach Frigga streng. „Er ist mir nicht geheuer. Schaff ihn fort!" Der Allvater aber ließ sich nicht beirren und behielt den jungen Wolf in Walhalla.
Schon als Welpe ließ Fenrir, so hatte Odin den Wolf genannt, sein schauriges Heulen durch die Nacht hallen, und es klang anders als der Ruf von Geri und Freki. Dunkel, unheimlich und bedrohlich war der Ton, der Fenrirs Kehle entwich und der die Götter aus dem Schlaf riss.
Und als der Wolf heranwuchs und durch die Gassen von Asgard schlich, wuchs die Angst unter den Göttern, und sie mieden den jungen Graupelz, so wie auch seine Artgenossen ihm fernblieben. Es gab nur einen unter ihnen, der das gute Wesen des Wolfes erkannte und der sich nicht vor ihm

fürchtete. Nur er wagte es, seine Hand auf das Fell zu legen, den Fenrir zu streicheln und zu liebkosen. Es war Tyr, der Jüngere der Odinssöhne!
Die Zuneigung des Gottes zu dem Tier war groß, und so war er es, der sich des Wolfes annahm, ihn pflegte und fütterte. Doch je mehr Fenrir fraß, umso größer wurde er, sodass er in jungen Jahren bereits die Größe eines normalen Wolfes überragte.
Das große Tier hatte nie jemandem ein Leid zugefügt, und doch war die Furcht, die man ihm entgegenbrachte, groß.

„Fort muss er, ehe noch ein Unglück geschieht", forderte Frigga, als sich die Götter in der großen Halle Odins trafen, um über das Schicksal des Wolfes Fenrir zu entscheiden.
„Um unserer Kinder Willen muss er verschwinden!", sprach Thor mit finsterer Miene, und Loki schlug überheblich grinsend vor: „Gebt mir eine Lanze, und ich löse das Problem. Sein Pelz wird mich im Winter wärmen!"
Da sauste die Faust des Tyr auf die Platte des Tisches nieder, und er rief erbost aus: „Keiner soll es wagen, dem Fenrir ein Haar zu krümmen!"
Da wurde es laut in der Halle, der Rotbart drohte gar, den Wolf mit seinem Hammer zu erschlagen, und Tyr schwor, dafür dem Bruder Gewalt anzutun. Nun war es der Allvater, der zornig mit der Faust auf den Tisch schlug. „Niemand in Asgard soll sich wegen meines Wolfes Gewalt antun!", rief er wütend und mit grollender Stimme heraus.
Ein jeder in der Halle sah den König der Götter erstaunt an und schwieg.
Mit einem Blick, der keinen Widerstand erlaubte, aber nun ruhiger Stimme, fuhr Odin fort: „Lasst eine Kette schmieden, mit der wir Fenrir anbinden. So kann er keinem ein Leid antun!"

Ein flüchtiger Blick streifte den Tyr, und ihm war, als hätte Odin ihm kurz zugelächelt.

So, wie es der Allvater vorgeschlagen hatte, geschah es. Eine Kette wurde geschmiedet, dick wie der Arm eines Mannes, und Odin rief den Wolf herbei. Freudig kam dieser angelaufen, und erst jetzt sahen die Götter, dass das Tier dem Graubart bis an die Brust reichte. Sie legten dem Wolf die eherne Fessel um den Hals, und dieser wand sich, zerrte an dem Eisen, lief im Kreis und heulte markerschütternd. Jeder Muskel im Körper des großen Tieres war bis zum Zerreißen gespannt, und mit aller Kraft zog der Graupelz, stemmte sich gegen die Kette und sprengte das Eisen. Mit großem Entsetzen mussten die Götter erkennen, über welch ungeheuerliche Kraft der Wolf verfügte.

„Geht hin und schmiedet eine neue Kette. Lasst sie doppelt so dick sein wie die vorherige!", befahl Odin. Und so geschah es!

Fenrir der Wolf aber war weiterhin den Göttern freundlich gesonnen, hoffte darauf von ihnen geliebt zu werden und seinem Herrn folgen zu dürfen. Und so kam das gewaltige Tier guten Mutes herangeeilt, als die Götter ihn riefen. Freudig begrüßte er die Männer, die ihn erwarteten. Doch wieder legten sie ihm eine Kette um den Hals.

Da erwachte die Wut in dem gefangenen Tier, so wie sie in jeder gefangenen Kreatur erwachen würde, er begann drohend zu knurren, stemmte sich gegen die Fessel und zerrte mit rotglühenden Augen daran. Laut krachend zerbarst die Kette unter der unbändigen Kraft des Wolfes Fenrir, und wieder war dieser befreit, sodass die Götter vor ihm flohen.

Thor sprach zu den anderen Göttern: „Wir werden die Zwerge um Hilfe bitten. Sie sind gute Handwerker und geschickt in vielen Dingen. Vielleicht wissen sie ja, was zu

tun ist." Alle Anwesenden stimmten dem Vorschlag des Rotbartes zu, und so begaben sich Thor und einige andere auf den Weg zu den Zwergen.
In den Bergen von Asgard, in tiefen Stollen und Höhlen, lebten und wirkten die Zwerge, und sie versprachen, den Göttern zu helfen. So machten sie sich ans Werk!
Aus dem „Miau" einer Katze, dem Atem eines Fisches, den Sehnen eines Bären, dem Speichel eines Vogels und den Wurzeln eines Berges webten sie ein Seil, das sie Gleipnir nannten. Dieses Seil war so stark, dass es niemand in der Welt der Götter zu zerreißen vermochte.
Auch nicht der riesige Wolf Fenrir!

Der Wolf liebte seine Freiheit, streifte durch die Wälder, lief und sprang in größter Lebensfreude über die Wiesen von Asgard. Doch es machte ihn auch sehr traurig, dass die Götter ihm die Liebe, die er sich so sehr wünschte, verweigerten.
Dann aber kam der Tag, da riefen die Götter erneut nach der großen, graubepelzten Kreatur, und dieser begrüßte seine Peiniger erneut mit großer Freude, denn immer noch flackerte in ihm die Hoffnung, endlich ein wenig geliebt zu werden.
Freudig heulte er auf, als er die Götter und unter ihnen den Tyr, den er besonders liebte, zu Gesicht bekam.
„Komm her, Fenrir, wir wollen mit dir spielen", rief Thor und Loki sprach freundlich: „Doch dies ist nicht der richtige Ort, denn du bist zu groß, und es bebt die Erde, wenn du springst."
„Wir gehen auf ein großes Feld, denn dort ist Platz genug. Willst du uns folgen?", fragte Thor.
Die Freude des Wolfes war groß, endlich, so glaubte er, wollten die Götter seine Freunde sein. Für ein wenig Zuneigung, ein wenig Liebe, wäre er ihnen überall hin

gefolgt. Und nun sah er sich auf einer grünen Wiese, auf der die Götter mit ihm spielten.
Also bestiegen die Götter ein großes Schiff, größer als das größte Schiff in Midgard, und auch Fenrir ging voller Vertrauen an Bord.
Bald schon pflügte der Kiel des Schiffes die raue, dunkle See. Hoch schlugen die Wellen über die Bordwände, und der Wind zerrte an dem zum Zerreißen gespannten Tuch an der Rahe. Fenrir aber verspürte keine Furcht, denn er wusste ja seine Freunde bei sich.

Die Tage auf See vergingen, und dann, endlich, an einem nebligen, kühlen Morgen, rutschte der Kiel knarzend über den Sand des Strandes. Doch die Insel, die sie erreicht hatten, war wenig einladend. Sollte dies etwa der Ort sein, an dem sie mit ihm spielen wollten? Soweit Fenrir seinen Blick auch streifen ließ, er sah nur schroffe Felsen und sandigen Boden, auf dem nur vereinzelt etwas Gras wuchs. Nur ein einziger, riesiger Baum stand inmitten der grauen Steine, und obwohl es schon kalt war, trug der Baum noch sein grünes Blätterkleid. Doch dies alles war dem großen Wolf einerlei!
„Lasst uns spielen", verlangte er in großer Aufregung. Da holten die Götter das goldene Band hervor, das die Zwerge geknüpft hatten. „Wir spielen Seilziehen. Lass uns sehen, wie stark du wirklich bist. Nimm du das eine Ende des Seiles und wir ergreifen das andere!", rief Thor.
Da nahm Fenrir das Seil in sein Maul und lief bis an das Ende des Geröllfeldes, auf dem sie standen. So begannen die Götter nun mit aller Kraft an dem Seil zu ziehen, und auch der riesige Wolf zerrte und zog dagegen, und das Seil der Zwerge hielt den mächtigen Kräften stand. Langsam ließen die Götter mehr und mehr von dem Seil nach, und nachdem sich Fenrir weit von den Göttern entfernt hatte,

befestigten sie das Seil unlösbar zwischen den Wurzeln des großen Eschenbaumes.

„Nun zeige uns, wie stark du wirklich bist, Fenrir!", rief Thor dem Wolf zu. „Zeige uns, dass du dieses Band zerreißen kannst!"

„Kein Band ist stark genug, um mich zu halten", dachte der Wolf, und Thor rief, er solle sich das goldene Seil um den Hals legen. Fenrir tat wie ihm geheißen, doch kaum hatte er sich selbst gebunden, sah er mit seinen scharfen Augen den traurigen Gesichtsausdruck seines einzigen Freundes in Asgard. Tyr stierte bedrückt und regungslos auf den kahlen Boden, und Fenrir erkannte, dass der Freund seinen Blick scheute. Da ahnte der Wolf, dass er einer Hinterlist aufgesessen war, und ein tiefes Knurren entfuhr seiner Kehle, sodass die Welt erzitterte.

Langsam kam das große Tier näher, sah den Sohn Odins an und sprach: „Du bist mein Freund, Tyr. Zeige mir, dass ich euch vertrauen kann. Gib mir deine Hand!"

Der Asengott sah in die traurigen Augen seines pelzigen Freundes und wollte der Aufforderung folgen, doch da legte ihm Thor seine Hand auf die Schulter.

„Tue es nicht, Bruder", sprach der Donnergott eindringlich, doch mit grimmigem Blick wischte Tyr die Hand des Rotbarts fort, denn es gefiel ihm keineswegs, was sie taten. Langsam streckte Tyr dem großen Grauen seine Hand entgegen, und der Wolf nahm diese behutsam zwischen seine mächtigen Kiefer.

Da aber geschah etwas, dass die Götter zurückweichen ließ, und selbst Tyr erschrak. Der Körper des Wolfes begann zu zittern und zu beben. Ein kehliges Jaulen entfuhr dem Tier, und Fenrir wuchs, bis er den Freund weit überragte.

Da entwich der Wolfskehle ein grollendes Knurren, und die Kreatur begann erneut an dem goldenen Zwergenseil zu

ziehen. Und dies tat er, ohne den Tyr zu verletzen. Er hielt das Handgelenk in seinem mächtigen Maul und zog den Gott mit sich. Das Seil aber zerriss nicht!
Noch einmal stemmte sich der Wolf gegen seine Fesseln, zog und wandte sich, doch das Seil hielt den Fenrir gefangen und der Kraft seiner Muskeln stand.
Wut und Trauer gleichsam überkamen das riesige Tier. Hilflos blickte er den Tyr an und sah, wie sich dessen Augen mit Tränen füllten.
Nun wurde dem Wolf gewahr, dass er hintergangen und gefangen worden war. Gefangen von denen, die er liebte! Von denen, deren Zuneigung er sich ersehnte!
Jetzt wusste Fenrir, dass er sich in sein Schicksal ergeben musste. Dem Schicksal, gehasst zu werden und das Leben eines Gefangenen zu fristen.
Ein leises, kaum hörbares Knurren entwich dem Maul, und er schloss seine Augen. Und auch Tyr schloss die seinen.

Mit einem lauten Knacken, dem Zerbersten eines morschen Astes gleich, schloss der Wolf seine mächtigen Kiefer und verschlang die Hand des Gottes Tyr.
Der Odinssohn sank nieder auf die Knie, und kein Schrei entfuhr seiner Kehle, doch sein Lebenssaft rann in Strömen. Aber Tyr starb nicht, denn er war ja ein Gott. Die Begleiter zogen ihn fort von dem Tier und versorgten seine Wunde, Odin selbst aber riss sein Schwert aus dem Wehrgehäng und stürmte auf den riesigen Graupelz los.
Mit der Kraft eines Gottes schleuderte er die Klinge dem Wolf in den Rachen, und dieser wich röchelnd von den Asenkriegern zurück. Da aber Fenrir ein Geschöpf der Götter war, starb auch er nicht!
Den verletzten Tyr brachten die Männer, die mit Odin diese Reise angetreten waren, auf das Schiff zurück, um ohne zu

zögern das Segel zu setzen und den Ort, an dem sie den riesigen Wolf allein zurückließen, zu verlassen.
Noch weit begleitete das gequälte und traurige Heulen der Kreatur das Drachenschiff auf seinem Weg nach Asgard. Und in den folgenden Jahren gab es nicht wenige, die behaupteten, das Heulen des Wolfes in den Gassen von Asgard gehört zu haben.

Viele Jahre sollten vergehen, bis Fenrir die Flucht aus seiner Gefangenschaft gelingen sollte. Es war ein düsterer Tag, an dem dicke Regentropfen auf die Heimstatt der Götter niederfielen, da gelang es dem Wolf, die Fessel abzustreifen, und er sprang hinauf in den Himmel.
An diesem Tage verdunkelte sich der Himmel, und es war Ragnarök!

*

6. Die Saga von Ragnar Lodbrok

Mit ohrenbetäubendem, drohendem Gebrüll, dem Donnerschlag Mjöllnirs gleich, sein zahnbewährtes Maul weit aufgerissen, stellte sich der mächtige Braunpelz auf seine Hinterbeine. Mit Eicheln hatte er den schlafenden Bären beworfen, sodass dieser auf ihn aufmerksam wurde, und dann war er losgerannt. So war es dem jungen Krieger gelungen, den Bären auf die Lichtung zu locken, auf der sie sich nun Auge in Auge gegenüberstanden. Sonnenstrahlen schienen durch das dichte, grüne Dach des Waldes und erhellten den freien Platz zwischen den mächtigen Eichen. Den Speer fest mit beiden Händen gehalten, murmelte er immer wieder den Satz „Odin gib mir dein Heil" vor sich hin und stürzte sich dann auf das mächtige Tier.

Doch da schnellte eine der riesigen Pranken vor und wischte den Speer zur Seite. Nur mit Mühe konnte Ragnar die Waffe in seinen Händen behalten. Der Krieger aber wusste, würde er dem Bären nun die Zeit geben anzugreifen, so wäre es um ihn geschehen. Er drehte sich und stieß mit aller Kraft zu! Die eherne Spitze bohrte sich in den dichten Pelz des braunen Riesen, und der Koloss jaulte auf, doch er schlug erneut mit der Pranke zu. Der Schaft des Speeres zerbrach, und Ragnar hielt nur noch ein Stück Holz in seinen Händen. Der Bär aber wurde nun erst richtig böse, und obwohl ihm die Spitze des Speeres im Leib steckte, wollte er diesen lästigen Kerl erledigen. Mit einem furchterregenden Grollen stürzte er sich auf den menschlichen Angreifer, und diesem gelang es, im letzten Moment unter dem Bären wegzuhuschen. Doch die Pranke des Tieres hatte auf Ragnars Rücken seine Spuren hässliche hinterlassen, und

nun war es der Jäger, der gepeinigt aufheulte. Wie lange würde er diesen Kampf durchstehen?", dachte der Däne, und es tropfte ihm der Schweiß von der Stirn. Der brennende Schmerz auf seinem Rücken ließ ihn auch wissen, dass er sich besser beeilen sollte, wenn er dieses Tier noch erlegen wollte. Es musste geschehen, jetzt!
In der Rolle des Gejagten gefiel sich Ragnar überhaupt nicht, so zog er mit einem Ruck die kurzstielige Axt aus seinem Gürtel, wandte sich um und stürzte dem Bären entgegen. Doch auch das Tier hatte sich bereits zum Angriff entschieden, und es gelang dem Jäger gerade noch, unter der heranfliegenden Pranke seiner Beute wegzutauchen.
Er spürte den Luftzug an seinem Haupt, spürte das Haar, das sich aus dem Zopf gelöst hatte, und er hörte das Grollen des mächtigen Bären, auf dessen Fell es der Krieger abgesehen hatte. Der Staub des Waldbodens, über den Ragnar rutschte, umhüllte den Krieger, drohte ihm in die Augen zu geraten.
Er schnellte empor, drehte sich, blickte auf den breiten Rücken des Bären, sprang und schlug zu. Das scharfe Blatt der Axt grub sich tief in den Schädel des Tieres, und seiner Kehle entfuhr ein markerschütternder Schrei. Dann sank das mächtige Tier zu Boden und starb.
Und auch Ragnar ließ sich schwer atmend nieder. Rang nach Luft und sah auf seine tote Beute. War dieses Weib überhaupt all die Mühe wert?", schoss es ihm durch den Kopf.
Zuerst hatte er einen Wolf erlegt, und nun diesen Bären, denn dies war die Bedingung, die das Weib ihm gestellt hatte, bevor sie sich ihm hingeben würde. Das Fell eines Wolfes und das eines Bären wollte die Lagertha als Gabe.

Schon ihre erste Begegnung war eine stürmische gewesen, und sie verlief wenig freundlich. Der Schnellsegler Ragnars hatte kaum den Strand berührt, da stellte sich den

Ankommenden eine Schar von Kriegern in den Weg. Und angeführt wurden diese von einem Weib. Gekleidet in die Gewandung eines Kriegers, mit Schild und Schwert in Händen, stand sie da. Ihr blondes Haar war zu einem langen Zopf geflochten und reichte ihr fast bis zu den Hüften hinunter. „Wer seid ihr? Was wollt ihr hier?", hatte die Schildmaid drohend gefragt.
Da begannen einige der Männer im Gefolge des Ragnar zu lachen und zu feixen, denn es schien, als würden sie die Kriegerin nicht als Bedrohung sehen. „Lege das Schwert zur Seite, Weib, und ich gebe dir etwas Besseres in die Hand!", rief einer, und das Gelächter brach los. Auch Ragnar konnte kaum ernst bleiben und musste sich zusammenreißen, als er aus der Reihe seiner Männer trat. Er wollte die Anführerin der Fremden nicht noch mehr erzürnen. „Verzeih ihnen", sprach er ruhig, „sie sind übermütig von der langen Reise und haben schon lange kein Weib mehr gesehen."
„Dann stopfe ihnen besser das Maul, sonst tue ich es!", drohte das kämpferische Weib da unverhohlen. „Ihr steht auf meines Vaters Land! Also, was wollt ihr hier? Seid ihr gekommen, um zu sterben?"
„Mein Name ist Ragnar Lodbrok, und wir steuerten dieses Ufer an, um zu rasten", stellte sich der Anführer der Seefahrer vor. „Wir kommen aus dem Süden, und uns zieht es in das Land am Nordweg."
Er zeigte sogar ein Lächeln, als er die Worte sprach, denn Ragnar hatte sich von dem wilden Auftreten des Weibes keineswegs einschüchtern lassen, und es war ihm nicht entgangen, dass dieses Weib eine wahre Schönheit war. Doch anstatt sich dem Mann vorzustellen, fauchte die Kriegerin den Seefahrer nur an. „Was grinst du so blöd, Kerl? Fremde haben wir hier nicht gern, also verschwindet wieder auf die See hinaus!"

Ragnar wandte sich um, sah seinen Stevenhauptmann an und grinste vergnügt. „Was sagst du dazu, Hrolf?"
Der Angesprochene war nicht weniger belustigt. „Mut hat sie, das muss man ihr lassen!" Und Hrolf hatte nicht Unrecht, denn die Schar der Krieger, die das Weib begleitete, war der Besatzung des Langschiffes des Ragnar weit an Zahl unterlegen. Und doch wagte sie es, sich den Fremden in den Weg zu stellen.
„Ich rate dir, geh!", sprach das Weib, als sich Ragnar ihr wieder zuwandte.
„Was geschieht sonst, Kriegerin?"
„Ich werde dich persönlich ins Meer zurückjagen, Ragnar Lodbrok, dann wird dir dein Grinsen vergehen!", drohte das schöne Weib. Da begannen die Männer des Seefahrers wieder ihre Späße zu treiben. „Sie wird es dir ordentlich besorgen, Ragnar! Da hast du was zu erzählen, wenn du vor Odin trittst", rief einer der Männer, und wieder brach großes Gelächter unter dem Gefolge des Ragnar aus. Dem Weib aber schien es an Späßen genug!
Ohne eine weitere Warnung hob sie ihr Schwert und schlug damit nach dem dänischen Schiffsführer. Doch Ragnar hatte das Weib aus dem Augenwinkel gesehen, seine Hand war an den Gürtel geschnellt und hatte die kurzstielige Axt aus dem Eisenring an seinem Gürtel gezogen.
Gerade noch rechtzeitig, um den Schlag abzuwehren, der an seinem Kopf vorbei pfiff und ihn sonst sicher ein Ohr gekostet hätte. Doch das Weib gab sich nicht zufrieden und schlug einen zweiten Hieb gegen den Seefahrer, welchen Ragnar erneut mit der Axt parierte. Während die Wikinger ihren Anführer bejubelten, dumme Bemerkungen riefen und sichtlich Spaß an der Darbietung hatten, schienen die Männer im Gefolge des Weibes über den Angriff wenig erfreut. Anstalten, ihrer Anführerin in den Kampf zu folgen, machten sie keine. Nun geriet die Kriegerin in Wut!

Mit Schwert und Schild rannte sie gegen den Ragnar an, der aber mit leichten Füßen den Angriffen auswich, ab und an mit der Axt auf den Schild schlug, aber ansonsten versuchte, das schöne Weib zu schonen. Diese kleine Kämpferin mit dem langen Zopf hatte Mut, und sie gefiel dem Dänen. Eine Weile hatte Ragnar seinen Spaß an dem Kampf, neckte seine Gegnerin und versetzte ihr den einen oder anderen Klaps auf den Hintern, was diese noch zorniger werden ließ. Doch dann wurden ihm die Spielereien zu langweilig. Mit großer Kraft schlug er die Axt in den Rand des Schildes, sodass dieser der Länge nach zerbrach, mit der Schnelligkeit einer Katze tauchte er ab, schlug dem Weib den Stiel der Axt von hinten in die Kniekehle, sodass sie rücklings zu Boden fiel und in seinen Armen landete. Wütend schrie das Weib auf, um dann aber zu verstummen. An ihrer Kehle lag das scharfe Blatt der kurzstieligen Axt. „Deinen Namen für dein Leben", flüsterte Ragnar dem Weib in ihr Ohr und sog ihren Duft tief in seine Nase auf. Sie roch betörend nach Honig und Moos.
„Lagertha", sprach sie leise. Langsam ließ sie ihr Schwert aus den Fingern gleiten, und Ragnar löste seinen Griff.
„Gut, Schildmaid Lagertha! Bring mich zu deinem Vater!", verlangte Ragnar, und das Weib nickte.
Der Schiffsführer erwählte fünf Männer die ihn begleiten sollten, alle anderen blieben bei dem Schiff in der kleinen Bucht am nördlichsten Punkt der dänischen Halbinsel.

Das Dorf lag in einer flachen Senke, die sie gut einsehen konnten, als sie auf dem schmalen Pfad aus dem Wald traten, der bis an den Strand der Meeresbucht reichte. Von vielen strohgedeckten Hütten umringt, stand das Langhaus des Häuptlings inmitten des großen Dorfplatzes.
Von misstrauischen Blicken begleitet, erreichte die Gruppe die Pforte des Langhauses. „Wartet hier!", befahl Lagertha

und trat ein. Unter den wachsamen Augen der Krieger des Dorfes warteten die sechs Seefahrer darauf, in die Halle gerufen zu werden.

„Was werden wir tun?", fragte Loki, der ein Schiffsbauer aus dem Heimatdorf des Ragnar war. „Warten wir es ab, Loki", antwortete der Anführer, dessen helles Haar zu einem Zopf gebunden war, dem Freund und Kampfgefährten. Da wurde die Tür mit den eisernen Beschlägen geöffnet und ein Mann trat heraus. Das kurzgeschorene Haar wies darauf hin, dass dieser Kerl ein Sklave war. „Kommt!", sagte er knapp und führte die Männer in die Halle des Hauses an einen der großen Tische, die in der Nähe der Feuerstelle standen. „Seid gegrüßt, Fremde!", sprach eine Stimme freundlich, und die Männer traten vor das Antlitz des Häuptlings. Doch es war nicht der grauhaarige Häuptling, der mit seiner Sippe an dem großen Tisch saß, der die Aufmerksamkeit der Männer um Ragnar Lodbrok erregte. Es war die schöne Lagertha, die nun, in ein schönes Kleid gewandet, neben ihrer Mutter an dem Tisch saß. Dieses Weib fesselte Ragnars Blick nun an sich, als hätte er zuvor noch nie ein Weib gesehen, denn von der Kämpferin, der Schildmaid, war nicht viel geblieben. Ihr blondes, langes Haar lag nun wie ein goldener Schleier auf ihrem Haupt und den Schultern. Ihre weiblichen Rundungen wurden nun nicht mehr von einem ledernen Panzer geschützt. Und Lagertha wusste ihre weiblichen Reize wohl einzusetzen. Mit einem freundlichen Lächeln sah sie dem Ragnar in seine tiefblauen Augen, und dieser spürte, wie sich sein Herz erwärmte.

Den Winter über war Ragnar nun Gast in dem Dorf, und es hatte auch nicht lange gedauert, bis er und die schöne Lagertha sich näherkamen. Nicht viele Männer hatten die Schildmaid im Zweikampf besiegen können, und so hatte Ragnar großen Eindruck bei dem Weib hinterlassen,

außerdem war der Lodbrok kein hässlicher Mann. So geschah es in einer Nacht während des Festes zur Wintersonnenwende, dass sie das Schlaflager teilten.
Doch als der Frühling kam, drängten die Männer ihren Anführer, die Reise fortzusetzen. Denn ihr Ziel war ja immer noch das Land am Nordweg, wo sie vor der Küste den Handelsfahrern auflauern wollten.
So trat Ragnar Lodbrok vor den Vater der Lagertha und bat diesen, er möchte ihm seine Tochter zum Weibe geben. Doch so leicht wollte die Kämpferin es dem Ragnar nicht machen, und so sprach sie: „Du sollst mir das Fell eines Wolfes bringen und das eines Bären, Ragnar! Dann will ich dein Weib werden und dorthin gehen, wo du hingehst!"
„Du hast die Worte meiner Tochter gehört", sprach der Häuptling. „Das Fell eines Wolfes und eines Bären! Doch du musst sie allein erlegen. Keiner deiner Männer darf dir zur Hilfe eilen!"
Ragnars Enttäuschung war groß, hatte er doch geglaubt, die Liebe der Lagertha errungen zu haben, doch nun stellte sie ihm diese Bedingungen. „Du sollst deine Felle bekommen!", sprach er stolz und doch voller Enttäuschung. Da aber rief die Lagertha nach einem Mann, der kurz darauf die Halle betrat. Es war der Leibsklave des Häuptlings. Das Weib wies auf den Mann und sprach: „Er wird der Garant dafür sein, dass du es auch wirklich selbst und ohne Hilfe tust!"
Nun aber war Ragnar wirklich verärgert, denn das Vertrauen der Lagertha in ihn war, wie es schien, nicht von besonderer Größe. „Du wagst es, mir diesen Köter an die Seite zu stellen?"
„Ja, ich wage es, und wenn deine Liebe ehrlich ist, wirst du meine Bedingungen erfüllen, Ragnar Lodbrok. Und wage es nicht, dem Sklaven Schaden zuzufügen!" Dies waren die Worte der Kämpferin, der Schildmaid Lagertha, die

unnachgiebig ihre Forderungen stellte, nicht die der schönen, sanften Häuptlingstochter.
Schon am nächsten Morgen bestiegen die Männer ihr Schiff und segelten in die waldreichen Gebiete Gotlands, wo Ragnar hoffte, die gesuchte Beute zu finden.

*

Ein ganzer Mond war vergangen, da rutschte der Kiel des Drachenseglers in den Kies des Strandes der kleinen Bucht. Freudig empfing Lagertha den Ragnar Lodbrok, als dieser die Halle betrat. Der Häuptling saß auf seinem Hochstuhl, und auch er begrüßte die Männer freudig. „Ich sehe, du hast das Heil der Götter auf deiner Seite, denn du bist gesund zurückgekehrt, mein Freund!"
„Ja, so ist es wohl! Odin hat mir bisher immer sein Heil geschenkt!", antwortete der Angesprochenen, er wandte sich um und gab dem Loki ein Zeichen, worauf dieser vortrat und dem Häuptling das Fell eines Wolfes vor die Füße legte. Danach traten auch Hrolf und ein weiterer Mann vor und taten es dem Loki gleich. Die Größe des Bärenfelles, das sie dem Häuptling vor seine Füße legten, zeigte den Anwesenden, dass dies ein mächtiges Tier gewesen war.
„Hier sind die geforderten Gaben. Gib mir nun deine Tochter zum Weib!", forderte Ragnar. Da sah die Lagertha den Sklaven fragend an, der neben den Ragnar getreten war, und dieser nickte nur. Da sprach der Häuptling des Dorfes: „Die Götter wollen es! Möge Freya den Schoß meiner Tochter fruchtbar machen! Wir feiern Hochzeit!"
Und es wurde ein rauschendes Fest gefeiert, das mehr als drei Tage andauerte, und danach machte sich der Wikinger auf den Weg nach Norden. Zwei volle Monde heerte er mit seinen Männern vor der Südküste Norwegens und lauerte den friesischen Kaufleuten auf, die in Kap Lindesnäs, einer

großen Stadt, ihren Handel trieben. Sie hatten gute Beute gemacht, als das Schiff in der kleinen Bucht im Norden des Dänenreiches anlandete. Und mehr noch, denn von einem Friesen erfuhr Ragnar von einer reichen Insel, die im Westen liegen sollte.

Schon nach wenigen Tagen machten sie sich auf den Weg in die Heimat und nahmen Kurs nach Süden. Und nun hatten sie ein Weib mit an Bord!

Lagertha gebar dem Ragnar drei Kinder, einen Sohn namens Björn und zwei Töchter, und sie lebten zufrieden einige Sommer auf einem kleinen Hof im Süden des Dänenreiches. Die Worte des Friesen hatte er aber nicht vergessen! Auf einem Thing berichtete der Bauer und Seefahrer von der Insel im Westen, und hatte von dem Jarl die Erlaubnis gefordert, diese suchen zu dürfen. Der Jarl aber verweigerte sein Einverständnis und wies den Ragnar zurecht. Er möge an seinen Gefolgschaftseid denken und an die Sicherheit seiner Familie, hatte der Jarl gedroht. Darüber war der Lodbrok auf das Äußerste erzürnt, und er geriet mit dem Jarl der Siedlung in heftigen Streit.

Bald darauf setzte Ragnar das Segel und nahm Kurs nach Westen. Das Verbot des Jarls störte ihn wenig, und die meisten Männer, die schon oft mit ihm gesegelt waren, folgten ihm auch auf dieser Reise.

Tagelang hatten sie ihr Schiff nach Westen gesteuert, und endlich ertönte von dem Mann auf der Rahe der Ruf: „Land voraus!"

Der Friese hatte also die Wahrheit gesagt, und er, Ragnar Lodbrok, hatte die Küste entdeckt. Bald schon erreichten sie die Mündung eines Flusses, in die sie hineinsegelten und dem Strom folgten. Ein kleiner Landungssteg und ein Nachen, der kieloben auf dem Ufer lag, waren das erste Anzeichen auf die Bewohner dieser Gegend. Bald schon machten sie ihr Schiff an geeigneter Stelle fest, schoben eine

Planke auf das Ufer und errichteten ein Lager. Ragnar schickte seine Späher aus, und als der Abend anbrach, wusste er von einem großen Gemäuer nicht weit des Flusses. Die Nacht über ruhten die Männer, sammelten ihre Kräfte, doch am nächsten Morgen nahmen sie ihre Waffen und begaben sich auf den Weg.
Als sie die mannshohe Mauer aus braungrauem Stein erblickten, schallte ihnen Gesang entgegen. Die Männer sahen sich verwundert an, und Loki grinste frech.
Gemeinsam mit Hrolf wagten sie sich vor. Unbeschadet erreichten sie ein zweiflügeliges Tor, und flink wie ein Eichhörnchen hangelte sich Loki über die Mauer, um wenig später in der geöffneten Pforte zu erscheinen. „Hier ist keine Menschenseele! Nicht einer!", sprach er grinsend zu dem Hrolf. Dieser wandte sich um und winkte die anderen herbei.
Langsam traten die Wikinger durch das Tor, die Schilde vor der Brust, den Ruf einer Wache erwartend. Doch es geschah nichts, nur der Gesang war nun lauter als zuvor. Gepflegte Beete lagen zu beiden Seiten des Weges, auf dem sie sich dem großen Gebäude näherten und aus dem ihnen der Gesang vieler Stimmen entgegen hallte. Ragnar begann zu grinsen und zeigte auf die Waffen, die neben der Pforte an die Wand gelehnt standen.
Dann gab er dem großgewachsenen Hrolf ein Zeichen, und dieser hob seine Axt. Laut krachend schlug das scharfe Blatt in die hölzerne Tür des Gebäudes, diese sprang aus dem Schloss und der Wikinger trat heftig dagegen, sodass diese aus den Angeln flog. Der Gesang verwandelte sich in Entsetzensschreie, als die Krieger in die Kirche stürmten.
Sie waren in einen Gottesdienst hineingeplatzt, den die Mönche dieses Klosters mit den Menschen der Umgebung an jedem Sonntag feierten. Männer, die sich den Wikingern entgegenstellten, wurden mit den scharfen Klingen ihrer

Schwerter und Äxte niedergehauen. Und so währte die Gegenwehr nicht lange. Mit erhobenen Händen trat der Mann, der vor einem Altar gestanden hatte, auf die Eindringlinge zu. „Pax!", rief er immer wieder und lief dem Loki direkt in dessen Schwert, sodass er blutüberströmt zu Boden sank. Wieder schrien die Weiber auf, und Kinder weinten. Und nun begannen die Wikinger alles zusammenzuraffen, was ihnen von Wert vorkam, dazu pickten sie einige der jungen Weiber und Kerle heraus, die sie als Sklaven mit sich nehmen wollten. Wer sich zur Wehr setzte, wurde gnadenlos getötet. So auch ein Mann, der sich schützend vor seine Tochter gestellt hatte.
Bald darauf zogen die Wikinger mit ihrer Beute zurück an den Strand, beluden ihr Schiff und stießen ohne zu zögern in See. Der Rauch, der von dem Kloster in den Himmel stieg, war noch lange weithin zu sehen.

*

Der Blick des Jarls war wenig freundlich, als ihm Ragnar in der großen Halle die erbeuteten Schätze vor die Füße legte. Und nur die Gier nach dem Silber hielt ihn zurück, das Todesurteil über den Ragnar und seine Männer zu verhängen. Die Beute der Raubfahrt aber war für die Wikinger um den Lodbrok verloren, doch er hatte, ohne es zu ahnen, großen Eindruck bei den Menschen in der Siedlung hinterlassen. Viele waren nun der Meinung, dass das Heil des Ragnar Lodbrok weit größer war als das des Jarls.
Weitere Fahrten auf die Insel der Angelsachsen sollten dem Wikinger die verlorene Beute ersetzen. Doch auch von diesen Raubfahrten verlangte der Jarl den größten Anteil. Doch Ragnar Lodbrok war es leid, mit dem Jarl zu teilen,

und so häufte er hinter dem Rücken seines Lehnsherrn einen Schatz an, den er gut versteckt hielt.

Doch der Jarl misstraute dem Ragnar, und so beschuldigte er ihn eines Tages, ihn, seinen Herrn zu hintergehen. Lange überlegte Ragnar nicht, wie er der Strafe des Jarls entkommen konnte, denn da er wusste, dass schon viele Männer auf seiner Seite standen, forderte er den Lehnsherrn zum Zweikampf. In der großen Jarlshalle beschuldigte er ihn vor aller Ohren der Feigheit, und ihn und seine Kampfgefährten zu bestehlen. „Längst hat Odin dir dein Heil genommen, Jarl", rief er erbost aus. „Beweise, dass du es noch wert bist, auf diesem Stuhl zu sitzen! Stelle dich mir zum Kampf!"

„Bist du von Sinnen, Ragnar Lodbrok?" Der Jarl war erzürnt aufgesprungen. „Ich könnte dich jetzt und hier töten lassen für deine Frechheit!"

„Ja, das könntest du. Mich töten lassen, denn du bist zu feige, es selbst zu tun!" Ragnar wusste, nun hatte er den Fisch am Haken und er würde ihn nicht mehr ablassen. Er hatte sowieso nichts mehr zu verlieren, und auch seine Familie war längst in höchster Gefahr.

Ein Raunen ging durch die Halle, und Ragnar wusste, er hatte dem Jarl keine Wahl gelassen, wollte dieser nicht sein Gesicht verlieren. „Ich werde dir beweisen, dass mir die Götter mein Heil nicht genommen haben", sprach der Jarl, und seine Stimme klang wie das Zischen einer Schlange. „Aber höre, Ragnar Lodbrok, wenn du diesen Kampf verlierst, werde ich dein Blut von dieser Erde tilgen. Dein Weib und auch deine Kinder werden dann des Todes sein!"

Da wandte sich Ragnar um und sah in das Gesicht der schönen Lagertha, die in den Reihen seiner Gefolgschaft stand. Die mutige Schildmaid nickte nur.

„So soll es sein, Jarl! Beweise, was du nicht beweisen kannst!"

Einige Tage vergingen, und es war wohl dem Heil Odins zu verdanken, dass Hrolf, Loki und noch einige andere aus dem Gefolge des Ragnar auf dem Hof weilten, denn obwohl Ragnar eine Meucheltat des Jarls erwartet hatte, war die Überraschung doch groß, als die Horde Berittener auf den Hof des Lodbrok drängte. Sofort entbrannte ein wilder Kampf, denn die Männer des Jarls verschwendeten keine Zeit mit Reden, ihre Befehle waren eindeutig. Ragnar Lodbrok sollte sterben!

Lagertha, die Schildmaid, hatte eine Axt ergriffen und diese dem ersten Reiter in die Brust geschlagen, der mit erhobenem Schwert das Haus erreichte, vor dem die Männer und Frauen saßen, noch ehe einer der Männer zu den Waffen greifen konnte. Und auch das Weib des Loki, eine Sklavin aus dem Sachsenland, hatte eine Waffe ergriffen und zeigte im Kampf großen Mut. Loki ergriff eines der Pferde am Zügel, tauchte unter dem Kopf des Tieres hindurch, sodass ihn der Schwerthieb verfehlte, und zog den Reiter vom Rücken des Tieres. Noch bevor der Mann den staubigen Boden des Hofes erreichte, hatte ihm das Messer des Loki die Kehle durchschnitten.

Ragnar hatte seine Kurzstielige ergriffen und damit zugeschlagen. Das Blatt grub sich in das Bein eines vorbeireitenden Kriegers und durchtrennte dieses unterhalb des Knies, sodass der Reiter schreiend aus dem Sattel stürzte. Das Schwert des Hrolf beendete dann dessen Leben. Als die Krieger des Jarls sahen, dass ihr Angriff weniger erfolgreich verlief als sie es sich vorgestellt hatten, ergriffen sie die Flucht.

Einer der Männer in Ragnars Gefolge war durch einen Hieb schwer verwundet worden, und der Lodbrok selbst hatte sich einen Schnitz im Bein eingefangen, doch sonst hatten die Krieger des Jarls wenig Schaden angerichtet. Die Wut des Ragnar aber war nun ins Unermessliche gestiegen, und er war in seinem Zorn kaum noch zu halten.

Zwei Tage konnte das Weib ihren Mann zurückhalten, denn die Wunde war noch frisch und würde Ragnar im Kampf sicher behindern. Doch dann war er nicht mehr zu halten und zog mit seinem Gefolge in die Siedlung vor das Langhaus des Jarls.
Schnell hatte es sich herumgesprochen, dass Ragnar gekommen war, um den Jarl zu fordern, und die Menschen der Siedlung kamen in Scharen herbeigelaufen. Doch dauerte es eine Weile, bis der Jarl aus dem Langhaus trat.
„Wie du siehst, Jarl, lebe ich noch!", rief Ragnar Lodbrok böse. „Du hättest mehr Männer schicken sollen, um mich zu töten!"
„Und vor allem mutigere!", rief Lagertha dazwischen, und ein Raunen ging durch die Menge. Mehr und mehr Krieger des Jarls sammelten sich nun auf dem Platz, doch sie wagten es nicht, einzugreifen. Schließlich konnten sie ja nicht wissen, wer an diesem Abend der Jarl sein würde.
„Bist du nun bereit, gegen mich zu kämpfen, oder muss ich dich schlachten wie ein Stück Vieh?", rief Ragnar voller Zorn. „Kommst du? Sonst hole ich dich!"
Da kam ein Mann herbeigeeilt und reichte dem Jarl sein Schwert und einen Rundschild, dann trat dieser dem Ragnar entgegen. Sofort wichen die Neugierigen zurück, denn schon standen sich die Kontrahenten gegenüber.
„Schon lange bist du mir ein Dorn im Auge, Ragnar Lodbrok! Aber heute ist Schluss damit, heute trittst du vor Odins Antlitz!", zischte der Jarl, hob sein Schwert und schlug zu. Krachend fuhr die Klinge in den Rand des Schildes, den Ragnar schützend vor sich hielt. Noch zwei weitere Schläge sausten auf den Lodbrok nieder, bevor dieser zurückschlug und mit kräftigen Hieben den Jarl

zurücktrieb. Ragnar war gegen den Jarl ein junger Bursche, doch trotz des fortgeschrittenen Alters war der Edle ein erfahrener und gefährlicher Gegner.
Und schnell hatte dieser bemerkt, dass Ragnars Bein verwundet war. Ohne zu zögern nutzte er dies für sich aus. Eine Unachtsamkeit des Bauern, ein Tritt des Jarls auf die Wunde, und bald schon durchtränkte das Blut den Stoff der Hose. Das schmerzverzerrte Gesicht des Lodbrok entlockte dem Jarl ein böses Grinsen, und sofort ließ er sein Schwert erneut auf den Bauern herabfahren.
Doch sein Kontrahent war auf der Hut und entkam dem Schlag. Er wusste, dass er in seinem Zustand nicht mehr lange kämpfen konnte, also ließ Ragnar alle Vorsicht fallen, und der Jarl bekam die ganze Macht seines Zornes zu spüren. Schlag um Schlag ließen den Schild des Jarls erzittern, bis dieser auseinanderbrach, doch Ragnar hielt nicht inne. Er warf auch seinen Schild von sich, ergriff das Schwert mit beiden Händen und schlug weiter auf den Jarl ein, bis dieser in die Knie ging und die Klinge in dessen Schulter schlug. Ein markerschütternder Schrei entfuhr dem Jarl, sein Schwert sank zu Boden, und mit dem Blick eines Besiegten erwartete er den todbringenden Schlag. Das Weib des Jarls schrie auf, als die scharfe Klinge des Ragnar in den Hals ihres Gemahls fuhr und dessen Leben beendete.
Einen Moment lang herrschte Stille auf dem Platz. Doch dann ertönte der Ruf: „Heil Jarl Ragnar!"

*

Die Jahre vergingen und Ragnar war ein guter Jarl. Sogar der König selbst, hatte ihm den Titel zugestanden und so war er ein treuer Gefolgsmann geworden. Durch die Überfälle auf das Reich der Angelsachsen, besonders das Königreich von Nordhumbrien hatte unter den Wikingern arg gelitten, konnte der Lodbrok seinen Reichtum mehren und in der Gunst des Königs steigen.

Dann begab es sich, dass der Dänenkönig den Ragnar als Gesandten in das Reich der Schweden schickte, und dort fand er Unterkunft auf dem Hof eines reichen Bauern. Als er und die Männer des Abends zu Tische saßen, betrat das Weib des Schweden Herraudr den Raum und mit ihr die Tochter, deren Name Thora war. Dem Ragnar und auch seinen Männern stockte der Atem, denn die junge Thora war ein Weib von besonderer Schönheit. Sie hatte dunkles Haar, das zu Schnecken gerollt an ihrem Kopf anlag, dazu hatte sie strahlend blaue Augen und ein feingeschnittenes Gesicht. Hrolf hatte es sofort erkannt, dass Ragnar, sein Freund und Jarl, an dem Weib Gefallen gefunden hatte. Und es gefiel ihm keineswegs!

Er dachte an Lagertha, die sicher keine Konkubine neben sich dulden würde. Nein, das würde die Schildmaid sicher nicht. Doch der Gesichtsausdruck und der Blick des Ragnar waren dem Hrolf gut bekannt.

Einige Tage waren die Dänen schon auf dem Hof des Schweden, und Ragnar Lodbrok machte keinen Hehl daraus, dass ihm Thora gefiel und dass er sie besitzen wollte. Da trat Hrolf zu seinem Freund und sprach: „Denkst du dabei auch an dein Weib?" Ragnar sah ihn erstaunt an.

„Was interessiert dich mein Weib?", fragte er erbost. „Aber Lagertha ist doch ein gutes Weib!", hielt Hrolf dagegen, denn er mochte die Lagertha recht gern. Doch eigentlich war der Grund ein anderer, denn er hatte selbst ein Auge auf die schöne Thora geworfen, daher gefielen ihm die Bemühungen seines Jarls um das Weib überhaupt nicht.

„Ich werde Herraudr bitten, mir Thora zum Weib zu geben", sagte Ragnar bestimmt, und Hrolf erstarrte. „Das kannst du nicht tun", entfuhr es dem Gefolgsmann. „Nein? Warum nicht?", fragte Ragnar fast amüsiert. „Ich… aber ich…!",

stammelte der großgewachsene Mann. Dann schüttelte er mit dem Kopf. „Was wird mit deinem Weib?"
„Lagertha werde ich verstoßen. Ich nehme es ihr immer noch übel, dass sie mich damals gegen den Bären kämpfen ließ!" Beleidigt und auch verärgert sah Hrolf den Ragnar an, doch ändern konnte er nichts mehr an der Absicht des Jarls.

So trat Jarl Ragnar vor den Schweden und verkündete diesem seinen Wunsch. Herraudr befragte seine Tochter, und diese willigte in die Heirat ein. Doch der Schwede wollte seine Tochter nicht bedingungslos ziehen lassen, denn es gab einen Peiniger, den er gerne loswerden wollte. Ein Nachbar, den er hasste, da dieser in jedem Sommer mit seinen Gefolgsmännern den Hof überfallen hatte und viel Elend über den Herraudr brachte. „Er ist ein unersättliches Ungeheuer, das sich über meinen Hof hermacht, und ich kann ihm nichts entgegensetzen, denn meine Gefolgschaft ist zu schwach", klagte der Herraudr dem Ragnar.
„So klage ihn an, auf dem Thing", schlug der Lodbrok vor. „Er ist der Bruder des Goden, und dieser ist nicht weniger übel als das Scheusal selbst", antwortete der schwedische Großbauer.
Da willigte Ragnar Lodbrok ein, das Ungeheuer zu töten. Und der dänische Jarl vollbrachte, was er versprochen hatte, sodass der Bruder des Goden und viele Männer seines Gefolges unter den Schwertern und Äxten der dänischen Wikinger starben. Daraufhin hielt auch Herraudr sein Versprechen und gab dem Ragnar seine Tochter zum Weib. Heimgekehrt in den Süden, verbannte er sein Weib Lagertha, und diese verließ die Siedlung und ging mit ihren Kindern zurück in ihr Heimatdorf im Norden des Dänenreiches.
Bald schon gebar Thora ihr erstes Kind, einen Knaben, der den Namen Agnarr erhielt. Und es folgte noch ein weiterer

Sohn, dem Ragnar den Namen Eirik gab. Auch mit einigen Konkubinen zeugte Ragnar seine Nachkommenschaft, trotzdem verbrachte er viele Jahre an der Seite der Schwedin Thora. Dann aber nahmen die Götter ihr Heil von dem Jarl, denn sein Weib Thora fiel einer Seuche zum Opfer.
Groß war die Verzweiflung des Jarls, und er sprach zu den Göttern, klagte und weinte. Auch zog er sich mehr und mehr zurück, um zu trauern. So verging die Zeit, Mond um Mond, bis Hrolf vor den alten Freund trat. „Wie lange soll das noch so weiter gehen?", fragte er wenig freundlich, als er das Langhaus des Jarls betreten hatte und dieser ihn mit leerem Blick ansah. „Der Sommer vergeht, und wir sitzen hier im Dorf herum. Die Männer warten darauf, dass du sie zum Aufbruch rufst, Ragnar!"
„Mir steht der Sinn nicht nach Wikingfahrten!", antwortete Ragnar bedrückt, doch Hrolf gab sich damit nicht zufrieden. „Du bist der Jarl! Du musst diese Männer führen, sonst werden sie dir noch den Rücken kehren!", mahnte der Stevenhauptmann seinen Anführer, denn er wusste, wenn ein Anführer sein Heil verlor, die Götter ihm die Unterstützung verweigerten, konnte schnell Schluss sein mit der Führerschaft. „Dein Weib wird nicht zurückkehren, Ragnar! Also hebe endlich deinen Arsch und lass uns in See stechen, die Männern dürstet es nach Angelsachsenblut. Oder willst du darauf warten, dass du deine Jarlswürde verlierst und man dich aus dem Dorf jagt?"
Doch der Jarl wiegelte ab, legte sich auf sein Schlaflager und starrte stumm an die Decke seines Hauses. Wütend verließ Hrolf den Raum. „Du wirst noch sehen, was du davon hast!"

*

„Es wird Zeit, dass wir dem Kerl auf die Beine helfen", sprach Loki und grinste verschlagen. „Was hast du vor, Loki?", fragte Hrolf.
„Wenn Ragnar nicht bald wieder der Alte wird, ist es nur eine Frage der Zeit, wann einer ihm die Führung streitig macht! Da gibt es einige, die es wagen würden!"
„Und was willst du tun? Los, sag schon!", drängte der große Krieger den Schiffsbauer.
„Wir werden auf Wikingfahrt gehen!", sprach Loki und kratzte sich seinen Kopf, auf dem das Haar schon recht dünn war, obwohl Loki noch kein alter Mann war.
Hrolf schüttelte den Kopf. „Dazu habe ich ihn schon gedrängt. Aber Ragnar ist ein sturer Schädel!"
Da lachte Loki und klopfte dem Hrolf auf die Schulter. „Überlass das nur mir! Er wird auf Wiking ausfahren, er weiß es nur noch nicht!"
Der Schiffsbauer war nicht weniger listig als der Gott, dessen Namen er trug!

Einige Tage waren vergangen, und Dunkelheit lag über dem großen Langhaus Jarl Ragnars, da schlichen mehrere Schatten längs des Gebäudes, bis sie die Pforte erreichten. Dort verharrten sie, bis die Tür langsam und leise geöffnet wurde. Sofort huschten die Gestalten in das Innere. Der Jarl lag betrunken vom Met auf seinem Schlaflager und schnarchte, da packten die Hände zu, verschnürten den Jarl und schleppten ihn fort.
Das Langschiff des Ragnar Lodbrok dümpelte in den seichten Wellen, und der Schein des vollen Mondes hüllte den Großsegler in ein fahles Licht, als die Männer den Jarl an Bord schleppten. Anfangs hatte sich Ragnar noch zur Wehr gesetzt, doch der Schlag mit einem Holzscheit, der dem Loki auch noch Spaß bereitet zu haben schien, beendete jede Art von Gegenwehr. Als der Lodbrok dann

wieder zur Besinnung kam, segelte das Schiff längst mit Kurs Westen durch die Nordsee. Es begann zu dämmern, als Ragnar seine Augen öffnete und seinem Zorn Luft machte. Doch niemand beachtete den Jarl. Erst als er sich beruhigt hatte und beleidigt auf die See starrte, traten einige Männer heran. Hrolf löste die Fesseln seines Freundes und dieser rieb sich die Gelenke. „Was soll das, seid ihr irrsinnig geworden?", fauchte er.
„Wir segeln in das Reich König Aellas. Mal sehen, was es zu holen gibt!", sprach Loki grinsend, „und wir dachten, du hättest Freude daran, uns zu begleiten."
„Ihr wisst, dafür könnte ich euch…!" Ragnar sprach nicht weiter, wandte sich stattdessen um und besah sich die Besatzung seines Schiffes. Der größte Teil, waren Männer, die ihm schon oft gefolgt waren, doch zwei junge Burschen waren an Bord, die zuvor noch nie mit ihm auf Wiking ausgefahren waren. Es waren seine Söhne Agnarr und Eirik. Ein missbilligendes Brummen entfuhr ihm, doch dann nickte er. „Also, Kurs nach Westen!", rief er dem Steuermann zu.

Bald schon erblickten sie die Küste von Northumbria, denn ein frischer Wind, der aus Osten wehte, hatte sie schnell vorangebracht. Und so, wie sie es gewohnt waren, suchten sie nach der Mündung eines Flusses, der sie in das Landesinnere führen würde.
Mehr als zwei volle Monde trieben Ragnar und seine Männer in der Grafschaft ihr Unwesen, und dem König Aella von Northumbria gelang es nicht, der Wikinger aus dem Dänenreich habhaft zu werden. Erreichten die Reiter des Königs ein überfallenes Dorf, waren die Piraten bereits weitergezogen, um sich ein neues Opfer zu suchen. Und so wüteten die Krieger aus dem Norden wie ein Rudel Wölfe unter Schafen.

So konnte sich kein Angelsachse mehr in seiner Siedlung oder seinem Dorf sicher fühlen. Viele Menschen machten sich auf den Weg zur Burg des Aella, in der Hoffnung, dort Schutz zu finden. Und der König war auf das Äußerste erzürnt, tadelte seine Marschälle und schwor vor seinem Gott, er würde dem Ragnar Lodbrok dereinst ein grausames Ende bereiten.

Mit gefülltem Bauch nahm der Segler Kurs nach Osten, doch es kam ein heftiger Sturm auf und trieb das Schiff des Lodbrok nach Norden, bis vor die norwegische Küste. Nicht weit der Hafenstadt Kap Lindesnäs steuerten sie ihr Schiff in eine kleine Bucht und warfen Anker.
„Verdammt!", ärgerte sich Hrolf, als er eines der Fässer mit den Vorräten öffnete. Ein übler Gestank strömte ihm entgegen, und er sah auf eine wenig appetitliche Pampe. Eine Welle hatte im Sturm Wasser in das Fass gespült, und in den anderen Fässern sah es nicht besser aus. Nun war alles schlecht geworden. „Welcher dämliche Trollarsch hat die Fässer verschlossen?", rief er erzürnt, und der junge Eirik trat vor den Wikinger. „Ich habe die Fässer verschlossen", gab er zu. „Sieh dir das an! Willst du das etwa essen?", schnauzte Hrolf. „Du hast sie nicht richtig verschlossen, nun ist alles verdorben!" Da trat Loki dem jungen Burschen zur Seite. „Hör auf, so rumzubrüllen, Mann!" Loki mochte den Eirik, denn er hatte sich, genau wie sein Bruder, im Kampf bewährt. „Es ist nun mal passiert, und dein Gebrüll macht es nicht ungeschehen!" Ragnar kam heran, klopfte Hrolf auf die Schulter. „Dann müssen wir wohl Proviant besorgen."
Der Anführer schickte zwei Männer ins Hinterland, die nach Nahrung suchen sollten, und bald schon fanden diese einen kleinen Hof. „Was sollen wir lange suchen, dort können wir Brot backen", sprach der eine, und der andere Mann war

damit sofort einverstanden, denn er hatte wenig Lust, noch weiter zu laufen. „Einen Garten gibt es auch! Da kriegen wir frisches Gemüse!"
So traten sie vor die Pforte der Hütte, und noch ehe sie klopfen konnten, öffnete sich die Tür. Ein Weib trat heraus und musterte die beiden Männer von oben bis unten. „Was schleicht ihr hier herum?", fragte sie wenig freundlich.
„Wir... wir suchen nach Nahrung! Wir sind Männer Jarl Ragnar Lodbroks, des Westfahrers", sprach einer der Seefahrer verlegen. „Soso", grunzte das Weib. Die beiden Männer starrten die Bäuerin an, denn sie hatten selten ein so hässliches Weib gesehen. „Was glotzt ihr so?", fragte sie barsch.
„Nun, würdest du uns einige Brote backen, Weib? Wir würden dich gut entlohnen." Der Seefahrer versuchte ein freundliches Gesicht aufzusetzen, doch es gelang ihm nicht wirklich, und so grinste er nur blöde. „Und ein wenig Gemüse wäre auch nicht schlecht. Ein paar Zwiebeln vielleicht!", bemerkte der andere Mann des Ragnar Lodbrok. Da hob das Weib, das sicherlich schon fünfzig Sommer erlebt hatte, ihre Hände, deren Finger knorrig und gichtig zu sein schienen. „Oh, mir fehlt die Kraft, den Teig zu kneten. Doch ich habe eine Tochter, die könnte euch helfen."
Da nickten die Männer und zeigten sich einverstanden. „Doch auf diese müsst ihr warten, sie ist auf der Weide bei den Schafen!"
So legten sich die beiden Männer unter einen Baum, um dort ein Nickerchen zu machen und auf die Tochter des Weibes zu warten. „Wenn die genauso hässlich ist wie ihre Mutter, wird mir noch übel!", flachste der eine und der andere sprach: „Was erwartest du? Ein Schwein gebiert kein Kätzchen!"

Es dauerte fast bis zum Abend, ehe das junge Weib mit einer kleinen Schafherde auf den Hof kam. Sie brachte das Vieh in einen Pferch und ging in das Haus. Die beiden Männer hatten das Weib nur von Weitem gesehen, sahen die verschmutzte und verschlissene Kleidung, und das mit viel Dreck verkrustete Gesicht hatten sie kaum beachtet.
„Wer sind die Kerle da draußen, Grima?", fragte sie ihre Mutter. „Seefahrer, die Brot wollen. Männer des Westfahrers Jarl Ragnar!", antwortete das Weib und erzählte, was geschehen war. Als sie geendet hatte, sah sie ihre Tochter nachdenklich an. „Bleibe, wie du bist! Wasche dich nicht und kleide dich nicht um!", befahl sie.
„Aber ich fühle mich unwohl, und ich kann doch so keinem Fremden unter die Augen treten", widersprach das junge Weib.
Es dauerte nicht lange, da bat die Grima die beiden Seefahrer ins Haus. „Dort ist der Ofen, in dem ihr das Brot backen werdet, und die da am Tisch ist meine Tochter Kraka. Sie wird den Teig für euch kneten!" Die beiden Männer traten an den Tisch und sahen wie das junge Weib mit kräftigen Griffen den Teig für ihr Brot knetete. Dann wandte sich Kraka um, und was sie nun sahen, verschlug ihnen den Atem.
Ein Weib von größter Schönheit, schlank und doch wohl gerundet, mit rotbraunem Haar, das ihr bis zu den Hüften hinunter reichte. Der eine der Seefahrer wandte sich der Grima zu. „Das ist deine Tochter Kraka?", fragte er erstaunt, und zu seinem Kameraden sprach er grinsend: „Wie eine Krähe sieht sie aber nicht aus!"
„Sag Weib, dies ist doch nicht deine Tochter?", fragte der andere Mann zu der Alten. „Warum fragst du das? Willst du mich beleidigen, Kerl?", fauchte die Grima, doch dann sprach sie: „Aber du hast recht, die Kraka ist meine Ziehtochter. Sie stammt von Island!"

Der Mann nickte und gab sich zufrieden. Bald schon waren die ersten Brotlaibe geformt, und die Kraka wies die Männer an, diese zu backen. Und sie taten, wie ihnen geheißen! Doch die Männer waren unachtsam, da ihre Augen auf dem Antlitz des jungen Weibes ruhten, und so verbrannte das Brot fast zu Holzkohle. Als sie die schwarzen Klumpen mit dem Schieber aus dem Ofen holten, wurde die Grima böse und beschimpfte die Männer Ragnars als lüsterne, dumme Ochsen. Die Kraka aber lachte, und die Männer waren von ihrem Lachen wie bezaubert. „Hör auf zu gackern, dummes Huhn!", fauchte Grima ihre Tochter an.
Aber die Kraka rief nur: „Lasst es uns erneut versuchen!"
Da schoben die Männer die nächsten Teiglaibe in den Ofen, doch wieder wurden diese viel zu dunkel, weil die Kerle die Blicke nicht von der Schönen abwenden konnten.
So traten die Männer ihren Rückweg an mit zwei großen Körben voller Brot. Voller verbranntem Brot!

*

„Was, beim Auge Odins, soll das sein?", fragte Ragnar erbost und hielt einen der verbrannten Laibe hoch. Er riss ein Stück ab und biss hinein, um es sofort wieder auszuspucken. „Das ist ja ungenießbar! Ihr dummen Trolle seid nicht in der Lage, Brot zu backen!"
„Aber es ist nicht unsere Schuld, Ragnar!", verteidigten sich die beiden Männer. „Es ist die Schuld der Freya!"
„Die Schuld der Freya? Was redet ihr für wirres Zeug daher?" Der Jarl war über die Ausrede wenig erfreut. „Nun, es war die Schönheit der Kraka, die uns fesselte", entschuldigte sich der eine, und der andere rief: „Was können wir dafür, dass die Freya ihr solche Schönheit schenkte?" Da hob der Ragnar fragend seine Brauen. „Wer

ist diese Kraka? Sie hat sicher nicht die Schönheit meines toten Weibes Thora!"

„Oh, sie ist ein Weib, das eines jeden Mannes Haus schmücken würde!" Nun erzählten die Männer von dem schönen Weib und lobten diese in den höchsten Tönen. Da wurde Ragnar natürlich neugierig.

„Ist sie auch so schlau wie sie schön ist?", fragte Ragnar und es klang Hohn in seiner Stimme. „Oh, das ist sie sicher!", bestätigte einer der Männer, den der abfällige Ton seines Anführers ärgerte.

„Nun, dann bringt sie mir", befahl Jarl Ragnar, „sie soll mein Gast sein!" Doch dann begann er hämisch zu grinsen. „Aber da sie ja so schlau ist, stelle ich drei Bedingungen: Weder nackt noch bekleidet soll sie erscheinen! Weder hungrig noch satt! Weder allein noch in Begleitung!"

Da ärgerten die Männer sich über die eigene Prahlerei, doch nun war es zu spät.

Am nächsten Tag begaben sie sich wieder auf den Hof der Grima und erzählten von der Einladung des Ragnar Lodbrok. Doch die Kraka schien wenig eingeschüchtert über die Forderungen des Jarls, denn er wäre sicher ein passender Gatte für sie gewesen. „Geht zu eurem Jarl und sagt ihm, dass ich seine Einladung gerne annehme."

Einige Tage vergingen, die Männer saßen um ein großes Feuer, da kam das Weib über die Wiese auf das Lager zu, und als die Seefahrer diese bemerkten, erhob sich Ragnar um sie zu begrüßen. Und er sah, dass seine Männer nicht gelogen hatten.

„Bist du Ragnar Lodbrok?", fragte das Weib, und der Mann nickte. „Wie du siehst, bin ich nicht nackt, noch bin ich bekleidet!" Die schöne Kraka war in ein Netz gehüllt. „Und ich bin weder satt, noch bin ich hungrig!" Sie biss in eine Zwiebel, die sie in der Hand hielt. „Und ich bin auch nicht

allein, doch bin ich auch nicht in Begleitung!" An einem Strick führte sie einen großen Hund mit sich. Da begann Ragnar zu lächeln und sprach: „Du bist also die schöne Kraka!"
„So nennt mich meine Ziehmutter, die Grima, doch mein wahrer Name ist Aslaug", sprach sie stolz.
Tief beeindruckt bot der Jarl dem Weib an, sie zu seiner Gemahlin zu machen, und die Aslaug zeigte sich damit einverstanden. So verließ Aslaug ihre Ziehmutter Grima und war darüber wenig traurig.

Auf dem Hof des Ragnar Lodbrok angekommen, konnte der Jarl seine Gier nach dem schönen Weib kaum noch im Zaum halten, doch die Schöne wies den Jarl zurück.
„Erst wenn du mich so, wie es sich gebührt, zu deinem Weib gemacht hast, werde ich mit dir das Schlaflager teilen und mich dir mit Freude hingeben. Nicht aber vorher!", sagte sie stolz, und Ragnar musste sich fügen.
Bald schon begaben sie sich auf die Reise, um von einem Asenpriester in dem großen Tempel von Uppsala den Segen und das Heil der Götter zu erbitten. Sie opferten dem Odin zum Dank eine Ziege, und der Priester vermählte das Paar. Als sie wieder heimkehrten, rief der Jarl die Menschen aus der ganzen Umgebung auf seinen Hof, und sie feierten drei Tage lang ein Fest. Und Jarl Ragnar zeigte sich großzügig seinen Gästen gegenüber.
Mit der schönen Aslaug aber hatte es in der ersten Nacht, die sie als Ehepaar unter dem Dach des Langhauses verbringen sollten, einen heftigen Disput gegeben, denn das Weib bat ihren Gatten, noch einmal drei Tage zu warten, bevor er sie nehmen würde, da sonst ein Unglück zu geschehen drohe. Darüber war Ragnar sehr erbost und auch enttäuscht, schließlich hatte er erwartet, dass die Aslaug

nicht weniger den Wunsch sich zu vereinen hegte als er selbst.
Nein, warten wollte er nicht mehr, und so verlangte er den Vollzug der Ehepflicht!
In den künftigen Tagen holte sich Ragnar von dem Weib wonach ihm gelüstete, so oft es ihm gefiel, und erst in den Tagen des Festes ließ er von der Aslaug ab, denn da gab er sich dem Trunk hin.
Im folgenden Jahr gebar das Weib ihr erstes Kind. Einen Knaben, der den Namen Ivar erhielt. Und der Jarl war voller Stolz! Und noch zwei Söhne gebar die schöne Aslaug im Laufe der Zeit Halfdan und Ubbe geheißen.

Viele Jahre waren vergangen, und der Jarl war nun der Herr über einen großen Gau geworden, in dem er als Kleinkönig herrschte. So begab er sich eines Tages an den Hof des Kleinkönigs Eystein im Reich der Schweden, den er sich zum Verbündeten wünschte. Jarl Ragnar wurde mit allen Ehren empfangen, und ihm und den Seinen erging es gut unter dem Dach des Eystein. Der Schwede war auch nicht abgeneigt, sich mit dem Dänen zu verbünden, denn auch er musste sich oft gegen andere Könige und Jarls zur Wehr setzen. Viele Monde blieben die Dänen an dem Hof des Eystein, bis dieser eines Tages zu Ragnar sprach: „Meine Tochter Ingeborg ist ein schönes und gutes Weib. Ich gebe sie dir zur Gemahlin, auf dass wir unser Bündnis durch Familienbande festigen!"
„Aber ich habe bereits in der Heimat ein Weib!", widersprach Ragnar dem Angebot, obwohl ihm die Ingeborg recht gut gefiel. Er hatte ihr vor wenigen Tagen sogar schon beigewohnt und seinen Spaß dabeigehabt. „Aber bedenke, König Ragnar, die Ingeborg ist von königlichem Blut und wäre genau das richtige Weib für dich!" Der Eystein wurde es nicht müde, die Vorzüge seiner Tochter zu preisen, und er

ließ es auch geschehen, dass der Däne mit seiner Tochter Beischlaf hatte. Und so kam es, dass Ragnar eines Tages nachgab und König Eystein auf einem Fest die Verlobung seiner Tochter bekannt gab.

Dann aber kam der Tag der Abreise, und Ragnar Lodbrok versprach dem Eystein, nach Schweden zurückzukehren, um die Ingeborg zu ehelichen, doch erst müsse er in der Heimat seine Angelegenheiten regeln. Seinen Männern nahm er bei Androhung des Todes den Schwur ab, kein Wort über die Verlobung verlauten zu lassen.

Doch nach der Ankunft der Seefahrer bemerkte Aslaug, dass ihren Gemahl etwas bedrückte. Immer wieder wich Ragnar der Frage seines Weibes aus, was in seinen Gedanken vorginge. Ragnar schwieg, denn noch wusste er nicht, wie er der Aslaug seine Entscheidung beibringen sollte.

Und eines Morgens trat sie vor ihren Gemahl und sprach mit strengem Antlitz: „Es waren drei Vögel, die mir zuflüsterten, du hättest in Schweden einem Weib die Ehe versprochen, König Ragnar!"

„Da du es schon weißt, nutzt es wohl wenig, es abzustreiten", bekannte der Lodbrok ein wenig verärgert, denn er war sich sicher, dass einer seiner Männer Verrat geübt hatte. An die Geschichte mit den Vögeln konnte er nicht glauben.

„Sagst du mir, warum ich gehen soll?", fragte sie.

„Das Weib ist von adligem Geblüt, und als König ist es meine Pflicht, ein starkes Königsgeschlecht zu begründen!", versuchte Ragnar sich zu rechtfertigen.

„So, du verstößt mich, weil dieses Weib die Tochter eines Königs ist!", rief Aslaug erbost. „Aber auch ich bin die Tochter eines Königs. Meine Mutter ist die Kriegerin Brunhild und mein Vater ist der Drachentöter König Sigurd! Wir entstammen dem Geschlecht der Völsungen!"

Da begann Ragnar Lodbrok zu lachen. „Du bist die Tochter der alten Grima!"
„Nein, Ragnar", widersprach Aslaug. „Ich bin die Ziehtochter der Grima! Aber meine Eltern sind die, die ich dir nannte, und es sollte dir eine Ehre sein, mit der Prinzessin der Völsungen vermählt zu sein!"
Da legte sie dem Gatten ihre Hand auf die Schulter und sprach: „Bald werde ich dir einen Sohn gebären. Ich weiß es! Und dieser Knabe wird das Merkmal des Geschlechts der Völsungen tragen!"
„Du meinst die Schlange im Auge?", fragte Ragnar, der die Saga um den Blick der Völsungen wohl kannte.
Und es kam, wie Aslaug es prophezeit hatte. Sie gebar einen Sohn, der den Namen Sigurd tragen sollte, und dieses Kind war mit einem Blick geboren, der sein Gegenüber erstarren ließ. Und so musste Ragnar Lodbrok zugeben, dass sein Weib einem königlichen Geschlecht entstammte, woraufhin er sie nicht verstieß, sondern sie sein Weib blieb.

Als die Kunde nach Schweden getragen wurde, dass Ragnar Lodbrok sein Weib nicht verlassen hatte und die Verlobung mit der schönen Ingeborg gelöst hatte, war König Eystein darüber so erbost, dass er die Zusage zu dem Waffenbündnis mit Ragnar Lodbrok zurücknahm. Dieses aber störte den Ragnar wenig, denn seine Liebe zu der Aslaug war aufs Neue entfacht. So lebten sie viele Sommer und Winter glücklich, und während Ragnar mit seinen älteren Söhnen auf Wiking ausfuhr, um in Britannien Beute zu machen, führte das Weib den großen Hof und übernahm auch die Pflichten ihres Gemahls als Jarl und Oberhaupt der Siedlung. Und niemand wagte es, der Tochter der Brunhild zu widersprechen!
Eines Tages trat Aslaug zu ihrem Mann und reichte ihm einen Kirtel, den sie mit eigenen Händen gefertigt hatte. Das

Kleidungsstück war aus einem Stoff, der dick zu sein schien wie das gehärtete Leder, aus dem die Krieger ihre Brustpanzer herstellten. Doch der Mantel war leicht, als sei er aus dünnem Leinenstoff. Ragnar betrachtete das Gewand, ließ es durch seine Hände gleiten und begann zu grinsen. Er zog sein Messer und versuchte den Stoff zu schneiden, doch vergebens.

„Er wird dich schützen, mein Liebster!", sprach Aslaug, und als Ragnar sie fragen wollte, woher sie den wundersamen Stoff habe, legte ihm das Weib ihren Finger auf den Mund und lächelte.

Im folgenden Frühjahr, man schrieb das Jahr 845 n. Chr., schloss sich Ragnar Lodbrok mit seinen Schiffen einem Seekönig an und segelte in den Süden.

Das große Frankenreich war das Ziel der Wikinger, und so segelten sie den Fluss Seine hinauf, bis vor die Tore der großen Stadt Paris. Fast zwei volle Monde belagerte das Heer der Nordmänner die Stadt, bis es ihnen endlich gelang, hinter die Mauern vorzudringen. Viel Leid mussten die Bewohner nun ertragen, und als die Wikinger endlich abzogen, hatte viel Volk sein Leben gelassen.

Der Seekönig aber war zufrieden, und auch Ragnar Lodbrok hatte sich ordentlich die Taschen gefüllt, als seine Schiffe in die Bucht vor seiner Siedlung fuhren. Doch noch immer brannte in ihm das Feuer, die Gier nach Reichtum, und so beschloss er, noch einmal nach Britannien zu segeln. Viele Männer in seinen Reihen aber waren müde, und sie waren zufrieden mit dem, was sie erkämpft hatten. So gelang es dem Jarl, gerade einmal zwei Schiffe zu bemannen. Da bat Aslaug ihren Mann eindringlich, nicht nach Britannien zu segeln, denn das würde sicher nicht gut enden.

Ragnar Lodbrok ließ sich aber von seinem Vorhaben nicht abbringen, und so segelte er im Spätsommer mit zwei

Schiffen nach Britannien. Und als Aslaug auf dem Strand stand und die Segel in der Ferne verschwanden, wusste sie, dass sie ihren Gemahl nie wiedersehen würde!

Anfangs lief alles für die Wikinger so, wie sie es gewohnt waren, und sie machten gute Beute. Als aber die Kunde an den Hof des Königs Aella getragen wurde, dass es Ragnar Lodbrok war, der da sein Unwesen trieb, setzte der Angelsachse alles daran, seines Widersachers habhaft zu werden. Auf die Gier der Dänen vertrauend, stellte er dem Ragnar eine Falle, und diesmal sollte der Gott der Christen dem König von Northumbria gewogen sein.
Der Wikingerjarl Ragnar Lodbrok wurde gefangen und in den Kerker der Burg von York geschleppt. Groß war die Freude des Königs, und er gierte nach Rache für die vielen Überfälle auf sein Reich. Nun sollte der Wikinger Ragnar seinen Zorn zu schmecken bekommen. Und er hatte sich etwas Besonderes ausgedacht, um dem Dänen sein wohlverdientes Ende zu bereiten.
Sie führten Ragnar an den Rand einer Grube, und als er hinabsah in das Dunkel, war ihm, als würde sich der Boden bewegen. Hämisch grinsend sah der Wikinger den König an. „Sag, Angelsachse, sind euch die Henker ausgegangen? So gebe mir eine Axt und ich enthaupte mich selbst!", sprach er stolz. Doch Aella sah den Dänen nur streng an und schüttelte seinen Kopf. „Oh nein, Ragnar Lodbrok! Für dich habe ich eine Art zu sterben erdacht, die dir einen wenig ehrenvollen Tod beschert!" Nun war es Aella, der grinste. „Ich hörte, ihr müsst mit dem Schwert in der Hand sterben, um vor euren Gott zu treten. Darauf wirst du verzichten müssen!" Dann gab er den Wachen einen Wink, und diese schoben den Dänen über den Rand, sodass er in die Grube stürzte. Nun erkannte Ragnar, warum sich der Boden bewegt hatte, und er erkannte auch, welchen schändlichen

Tod sich Aella für ihn ausgedacht hatte. Man hatte ihn in eine Schlangengrube gestoßen!
Aber er verspürte keinen Schmerz, und doch sah er, dass einige Schlangen bereits zugebissen hatten. Es war der Kirtel, den Aslaug ihrem Mann gegeben hatte, der die Bisse von seinem Fleisch fernhielt. Als Aella nun sah, dass der Wikinger nicht starb, war er außer sich, fluchte und beschimpfte seine Krieger der Unfähigkeit. Da zogen die gescholtenen Wachmänner den Nordmann aus der Grube und entkleideten den Mann, bevor sie ihn erneut in die Tiefe warfen. Kaum war der Körper des Ragnar unsanft auf den Boden der Grube aufgeschlagen, da spürte er, wie sich die Zähne der Geschuppten in sein Fleisch bohrten.
Es war das kehlige Lachen des Aella, das Ragnar hörte, bevor sich seine Augen für immer schlossen.

*

Doch es folgte die Rache der Ragnarssöhne, und so musste das Reich des Aella furchtbar unter den Wikingern Halfdan, Ubbe und Ivar leiden. So wie zuvor ihr Vater, verheerten sie die Insel der Angelsachsen, und im Jahre 865 n. Chr. landeten die Brüder mit dem großen heidnischen Heer an der Küste Britanniens und überfielen die Insel.
Am 1. November des Jahres 866 n. Chr. eroberten sie die Burg von York. Den Winter über belagerten die Heere der Könige Aella und Osberth die Burg, doch dann, nachdem der Schnee zu schmelzen begann, stellten sich die Wikinger zum Kampf. Die Mönche schrieben den 21. März des Jahres 867 n. Chr., als die Schlacht begann in der Osberth, sowie große Teile der nordhumbrischen Heeresmacht von den Nordmänner niedergemetzelt wurden. Dem König Aella aber widerfuhr eine besondere Behandlung, denn an ihm

vollzog Halfdan den Blutaar, den Blutadler, der ihm langsam den Tod bringen sollte.

Im Jahre 875 n. Chr. hatten sie die Grafschaften Nordhumbrien, Mercia und Ostanglien gänzlich unterworfen. Schnell siedelten sich in diesen Gebieten die Dänen an und vertrieben die Angelsachsen. Halfdan Ragnarsson ließ sich zum König von Yorvik ausrufen, und fortan galten die Söhne des Ragnar Lodbrok als die Begründer des Danelags.

*

7. Von Björn Asbrandsson und der Thurid

Auf dem Hof des Goden von Helgafell in Westisland lebte das Weib Thurid. Sie war die Schwester des Goden, der Snorri Thorgrimsson geheißen war. Die Thurid war die Witwe des Thorbjörn, den man den Starken nannte, da er zu Lebzeiten als großer Schiffsführer und Krieger galt. Doch die Götter hatten es für gut befunden, ihn auf einer Wikingfahrt im Sommer nach Walhalla zu rufen. So war sein Weib nun ohne Gatten zurückgeblieben.
Es war im Winter des Jahres 986 n. Chr., da weilte ein Mann namens Thorodd als Gast auf dem Hof des Snorri, und dieser hatte schnell Gefallen an der Witwe gefunden, denn Thurid war ein schönes Weib. Bereits zwei volle Monde hatte Thorodd auf dem Hof verbracht, und es schien so, dass es ihn auch nicht fortzog aus Helgafell. Schließlich wurde er gut bewirtet, und er schien dem Snorri keine Last zu sein, da der Winter lang war, erfreute man sich schließlich jeder Abwechslung. So saßen sie oft am Feuer und sprachen miteinander. Und da war ja auch noch die Thurid!

„Deine Schwester ist ein feines Weib, Snorri", sprach Thorodd eines Abends, als er und der Hausherr wieder einmal gemeinsam vor dem Feuer im Haus des Goden saßen. Der Snorri nickte. „Sie gefällt dir gut! Ich habe es schon bemerkt", antwortete der Gode grinsend. Er hatte schon einige Becher mit Met geleert, und sein Gesicht war nicht nur wegen der Wärme des Feuers so rot.
„Ja, das tut sie!", sprach Thorodd, und auch sein Gesicht färbte sich nun rot. „Du weißt, ich bin ein aufrichtiger

Mann, und ich bin nicht arm! Würdest du mir Thurid zum Weib geben?"

Da kratzte sich Snorri nachdenklich seinen Bart. „Thorbjörn wird nicht mehr heimkehren. Und meine Schwester bräuchte sicherlich wieder einen guten Mann an ihrer Seite", sinnierte der Gode. „Du wärest nicht die schlechteste Wahl, mein Freund!"

„Das will ich wohl meinen, Snorri!", entgegnete Thorodd nicht ohne Stolz. Er erhob sich und legte ein dickes Holzscheit in die Glut. Dann füllte er seinen Becher aus einem tönernen Krug und vergaß auch seinen Gastgeber nicht. „Tja, wenn sie runzlig ist wie ein alter Apfel, wird sie keiner mehr wollen", sagte Snorri und begann zu kichern. „Ja, Thorodd, ich will mit meiner Schwester sprechen, und wenn es ihr gefällt, wirst du ihr Gemahl! Doch wage es niemals, ihr ein Leid anzutun!"

So kam es, dass Snorri Thorgrimsson noch in diesem Winter für seine Schwester die Hochzeit auf Helgafell ausrichtete. Als endlich der Schnee schmolz und das Frühjahr ins Land zog, begab sich Thorodd in den Norden der Insel nach Snaefellsnes und erwarb dort den großen Hof Froda.
Bald darauf hatte er sein Weib aus Helgafell geholt, und er wurde ein fleißiger Bauer.
Die Thurid aber war wenig glücklich mit ihrem neuen Gemahl, und so war sie hoch erfreut über die Bekanntschaft des Björn Asbrandsson. Dieser war der älteste von zwei Söhnen auf dem Hof Kamb im Breidafjord, der nicht weit des Hofes des Thorodd lag. Und auch Björn hatte schnell Gefallen an der Thurid gefunden, sodass er sie oft auf dem Froda besuchte. Zwar gefiel dem Bauern nicht, was er sah, doch wollte er die gute Nachbarschaft zu Asbrand, dem Vater des Björn, nicht gefährden, und so ließ er den Björn gewähren.

Bald aber begannen die Menschen auf Snaefellsnes über die seltsamen Zusammenkünfte des Weibes und des Björn zu reden. Und so dauerte es nicht lang, da ging das Gerücht um, dass sie es miteinander trieben. Dies war dem Thorodd zu viel, und auch er bekam Zweifel an der Aufrichtigkeit des Nachbarn. Und schließlich wollte der Bauer Thorodd sein Gesicht nicht verlieren.
„Ich will Björn nicht mehr auf meinem Hof sehen!", rief er erbost aus. „Man spricht, du würdest für ihn die Beine spreizen!"
„Und du glaubst das? Ich bin dein Weib!", wehrte sich Thurid gegen die Vorwürfe ihres Gemahls, doch dieser war außer sich vor Zorn. „Lüge mich nicht an", rief er.
„Ich lüge dich nicht an, Thorodd! Die Götter sind meine Zeugen!"
„Die Götter? Dass ich nicht lache!" Er schlug mit der Faust auf den Tisch. „Ich will den Kerl hier nicht mehr sehen!" Doch weder die Thurid noch Björn hielten sich an die Weisung des Bauern, und nun kam Björn noch öfter auf den Hof Froda. Da kam es wieder zu einem Streit zwischen den Eheleuten, und Thorodd drohte dem Weib sogar mit Gewalt. Da sprach die schöne Thurid: „Wenn du es wagen solltest, mich anzurühren, so werde ich auf der Stelle zurück nach Helgafell gehen, und mein Bruder Snorri wird kommen, um dich für deine Beleidigungen zu strafen!"
Wütend zog sich Thorodd zurück und schwieg fortan.
Es gab noch einen weiteren Nachbarn etwas östlich vom Hof des Thorodd, und der Name des Bauern war Thorir Holzbein. Er lebte mit seiner Sippe auf dem Hof Örnshöh. Thorir hatte zwei Söhne, die Örn und Val hießen, und diese waren etwa gleichen Alters wie der Bauer Thorodd. Als der Bauer von Froda einmal auf Örnshöh weilte, begannen die Brüder den Thorodd zuerst zu verspotten, dann aber fragten sie ihn, wie er es ertragen könne, dass sein Weib und vor

allem Björn Asbrandsson solch eine Schande über ihn bringen würden. Und im Bierrausch sprach Örn: „Es wird uns eine Freude sein, in deine Gefolgschaft zu treten, wenn es darum geht, den Björn für seine Frechheit zu strafen."
„Ja, es wird den Göttern sicher wohl gefallen, wenn wir den Besuchen dieses Bockes ein Ende setzen!", rief Val voller Kampfesdrang. Und Thorodd zeigte sich äußerst erfreut.

Schnell hatte Thurid bemerkt, dass ihr Gemahl etwas im Schilde führte. Als Björn wieder einmal in dem Langhaus des Thorodd mit dessen Weib beisammensaß, betrat der Bauer den Raum, belegte den Björn Asbrandsson mit einem bösen Blick, nahm seinen Umhang und sein Wehrgehäng mit dem Schwert und wandte sich dem Weib zu. „Es gibt etwas zu tun für mich!" Dann verließ er das Haus.
Das hatte er bisher noch nie getan, wenn Björn auf seinem Hof weilte.
„Björn, ich bin in großer Sorge um dich. Er trachtet dir nach dem Leben! Ich spüre es!", sprach das Weib besorgt. „Oh, das musst du nicht, dem Thorodd bin ich allemal gewachsen."
„Doch ich fürchte, er wird dir nicht in einem ehrlichen Kampf gegenübertreten." Ihr Blick zeugte davon, dass sie dem Björn sehr zugetan war.
Da erhob sich der Freund, trat zur Tür und sah hinaus. „Es wird bald dunkel. Es ist besser, wenn ich den Heimweg antrete." Er nahm seine Waffen und verließ den Hof Froda.

Björn hatte bereits die Hälfte des Weges zurückgelegt, da bemerkte er, dass ihm zwei Männer folgten, und bald darauf traten drei weitere Männer auf den Pfad und zwangen ihn zum Halten. Er hatte sie sofort erkannt, denn es waren Thorodd und zwei seiner Knechte, die vor ihm standen. In seinem Rücken näherten sich die Söhne des Örnshöhbauern.

Der Sohn des Asbrand schwang sich vom Rücken seines Langmähnigen und zog sein Schwert. „Nun ist es vorbei mit dir, Björn Asbrandsson!", sprach Thorodd drohend und war sich seines Sieges sicher. „Du wirst mein Weib nie wiedersehen!" Er hob sein Schwert und stürmte gegen den Björn. Da taten es ihm seine Knechte gleich und auch die Brüder Örn und Val ließen sich nicht lange bitten.
Doch Björn war ein erfahrener und gewandter Kämpfer. Die Knechte des Thorodd hielten sich doch sehr zurück und waren dem Björn in keiner Weise gewachsen. Auch der Thorodd kämpfte wenig glücklich, doch die beiden Brüder gingen heftig gegen den Asbrandsson vor. Schlag um Schlag musste er parieren, wandte sich mal dem einen, mal dem anderen zu. So hatte ihn schon einige Male eine Klinge getroffen, und das Blut tränkte seinen Kirtel. Und doch war Björn der bessere Schwertkämpfer, stellte sich geschickt an, sodass die Gegner achtgeben mussten, sich nicht gegenseitig zu erschlagen. Dann plötzlich war es geschehen. Die Klinge des Björn schlug dem Val in sein Haupt, und dieser fiel mit gespaltenem Schädel zu Boden. Dies machte den Örn noch rasender, und so ließ er seine Deckung fallen, um den Björn mit kräftigen Hieben zu erschlagen. Und auch Thorodd versuchte dem Gegner sein Schwert in den Bauch zu stoßen. Da ergriff Björn den Arm des Thorodd und rammte dessen Klinge dem anstürmenden Örn in den Bauch. So starb auch dieser. Von Entsetzen gepackt, ergriffen Thorodd und auch die Knechte die Flucht.

Schwer atmend sah Björn den Flüchtenden nach. Dann zog er sich mit letzter Kraft auf sein Pferd und ritt heim.
Auf Kamb angekommen, sah Asbrand, dass sein Sohn blutete, und nachdem die Wunden verbunden waren, musste Björn berichten. „Bist du mit dem Thorodd aneinandergeraten?", fragte Asbrand und sein Sohn nickte.

Dann erzählte er von dem heimtückischen Angriff und vom Tode der Thorirsöhne. Das hatte dem Asbrand gut gefallen, das sein Sohn ein so wehrhafter Krieger war, der es mit fünf Gegnern aufgenommen und den Kampfplatz auch noch als Sieger verlassen hatte.

Die Zeit verging und die Wunden heilten gut, da kam ein Mann auf den Hof Kamb geritten und forderte, dass Björn vor dem Thorsnes - Thing erscheinen sollte.

Thorodd verlangte von dem Goden Snorri, dass man seinen Widersacher wegen des Totschlags der Brüder Örn und Val dem Henker übergebe. Doch der hinterhältige Überfall der fünf Männer auf den Asbrandsson blieb nicht im Verborgenen, und so kam es, dass Björn für drei Jahre von Island verbannt wurde, da Asbrand bereit war, für seinen Sohn eine Mannesbuße zu zahlen.

Im Sommer des Jahres 986 n. Chr. rüstete Björn ein Schiff aus, das ihm sein Vater zum Eigentum gab, und bald darauf verließ das Schiff den Breidafjord und die Insel mit Kurs nach Süden. Sein Bruder Arnbjörn hatte sich entschlossen, mit Björn in See zu stechen, denn er erhoffte sich, Ehre und Reichtum zu erkämpfen.

*

Als es Herbst wurde, gebar Thurid auf Froda einen Sohn, dem Thorodd den Namen Kjartan gab, der Björn aber war in das Dänenreich gesegelt und später dann weiter in das Oderhaff. Er durchsegelte das Haff bis zur Mündung der Oder, denn dort lag die Jomsburg, die sein Ziel war!

Dies war die Heimstatt des gefürchteten Kriegerbundes der Jomswikinger, angeführt von dem dänischen Jarl Palnatoki, der ein Großbauer auf Fünen war. So trat er mit seiner Mannschaft dem Bund der Jomswikinger bei und erkämpfte sich viel Ehre und einen ruhmreichen Namen. Mit den

Wikingern von Jom zog er nach Schweden, um für Styrbjörn den Starken die Krone zu erkämpfen, bis dieser in der Schlacht bei Fyris zu Tode kam. Bald schon galt Björn als einer der waghalsigsten und tüchtigsten Krieger im Gefolge des Palnatoki.
Als aber die drei Jahre vergangen waren, verließen die Asbrandsöhne die Jomsburg und segelten nach Norden in das Land am Nordweg. Dort verweilte er einige Zeit am Hof des Ladejarls Hakon, denn sein Name war in Thule wohl bekannt. Dann aber setzte er sein Segel und fuhr nach Island.

Es war der Sommer Jahres 989 n. Chr., da schob sich der Kiel des Schiffes in Hraunshafn, der Lavabucht, in den Kies des Strandes. Arnbjörn und sein Bruder Björn, den man nun den Breidavikkämpfer nannte, betraten wieder isländischen Boden. Und sie kamen nicht als arme Männer heim. Arnbjörn kaufte bald einen Hof nicht weit von der Lavabucht, sein Bruder Björn aber segelte in den Breidafjord und begab sich auf den väterlichen Hof Kamb und übernahm dort die Wirtschaft des Hofes, da Asbrand in der Zwischenzeit verstorben war. Björn war kein hässlicher Mann, und an den Höfen der dänischen und norwegischen Häuptlinge hatte er gelernt, sich zu benehmen, wie es sich geziemte. Auch war er nun im Kämpfen wohl erprobt, denn darin hatte er sich ja bei den Jomswikingern zur Genüge bewährt.
Dann im Spätsommer begab es sich, dass nicht weit des Hofes Froda, nördlich bei den Hügelhängen, eine große Zusammenkunft stattfand, zu der viele Bewohner des Inselnordens anreisten. Häuptlinge, Bauern und Kaufleute mit ihren Sippen, Knechte, Sklaven, alle kamen in der Hoffnung, sich zu amüsieren.

Natürlich war auch Thorodd anwesend, und mit ihm Thurid, sein Weib, sowie das Kind Kjartan. Und so dauerte es nicht lange, bis sich Björn Asbrandsson und die schöne Thurid gegenüberstanden. Die Freude der beiden über das Wiedersehen war groß, und die Augen des Weibes leuchteten beim Anblick des Mannes. Sie umarmte ihn herzlich, und der böse Blick des Thorodd schien sie wenig zu stören. Lange sprachen sie miteinander, und niemand nahm es ihnen übel, denn jeder konnte verstehen, dass sie sich nach so langer Zeit viel zu erzählen hatten. Anders aber der Herr von Froda! Er kochte vor Zorn und Eifersucht!

Es blieb aber bei dieser Zusammenkunft nicht friedlich, denn es trafen auch Männer aufeinander, die in Fehde miteinander lebten, und so kam es zu mancher blutigen Auseinandersetzung. Und auch für Björn gab es eine Begegnung, auf die er gerne verzichtet hätte. So begab er sich von dem großen Platz fort, um sich zu erleichtern. Er ging eine Weile, bis er sicher war, allein zu sein. Eine kleine Baumgruppe mit dürren Birken und viel Gebüsch darum kam ihm gerade recht. Er sah sich um, doch nur der Lärm vom Festplatz, der über den Hügel an sein Ohr drang, war zu hören. Er war allein, so glaubte Björn.
Plötzlich aber sprang ein Kerl aus dem Gebüsch, um mit dem Messer nach dem Mann vom Kamb-Hof zu stechen. Hätte der Attentäter gewartet, bis sich Björn seiner Beinkleider entledigt hätte, wäre ihm die Tat wohl geglückt, so aber kam sein Angriff zu früh, und der erfahrene Krieger hatte wenig Mühe, das Messer gegen seinen Besitzer zu richten und ihm die Klinge in den Hals zu rammen. Röchelnd starb der Mann, und als Björn ihn besah, erkannte er einen der Knechte des Thorodd. Sollte er mit dem Toten vor den Goden Snorri treten? dachte Björn, doch er besann sich der drei Jahre Verbannung von Island. So versteckte er

den Toten unter dem Gebüsch, in der Hoffnung, dass man diesen nicht so schnell finden würde.

Als Björn zu seiner Gefolgschaft trat, gab er den Befehl zum Aufbruch, und die meisten Männer waren auch bereit zu gehen.

„Du sprachst mit der Thurid?", fragte Thord Stierauge, der der Schwager des Asbrandsson war. „Ja, ich sprach lange mit ihr, und es war eine wahre Freude", antwortete Björn, während die beiden Männer Seite an Seite ritten. „Das sah der Thorodd aber wohl anders!" Thord begann zu grinsen. „Das mag gut sein, Thord!" Da erzählte Björn seinem Schwager, was ihm widerfahren war, als er sich erleichtern wollte. „Das sieht dem Thorodd ähnlich. Dieser elende Feigling!", sprach Thord abfällig und spuckte verächtlich aus. Eine Weile schwiegen die Männer, dann sprach Thord: „Sahst du Kjartan, den Sohn der Thurid?"

Björn nickte. „Ja, ich sah den Knaben!"

„Ich könnte mir denken, dass der Froda-Bauer dich für den Vater hält", sprach der Stierauge. „Sicher wäre es besser, du würdest dich von der Thurid fernhalten!"

„So mag es wohl sein, aber mir steht nicht der Sinn danach, mich vor dem Thorodd zu beugen."

„Das musst du selbst entscheiden, Björn. Aber ich gebe dir zu bedenken, dass der Gode Snorri, der ja der Schwager des Thorodd ist, nicht wenig an Männern hinter sich schart!", warnte Thord. Dann schwiegen die Männer, bis sie sich an einer Weggabelung trennten.

Der Herbst und der Winter zogen über das Land, und Björn Asbrandsson konnte nicht von den Besuchen bei der schönen Thurid lassen. Dies gefiel aber dem Thorodd natürlich gar nicht. Nachdem er jedoch im Sommer den toten Knecht unter dem Gebüsch bei dem Festplatz gefunden hatte, schwieg er dazu. Er dachte an die schlechten

Erfahrungen, die er mit dem Asbrandsson hatte machen müssen, und er musste sich eingestehen, dass Björn noch mächtiger geworden war. Nicht nur, dass er ein kräftiger Krieger war, nun war er auch einer der Jomswikinger, und diese pflegten ihre ermordeten Brüder zu rächen.
So grübelte der Gemahl der Thurid lange, wie er die Besuche des Björn unterbinden könnte, und eines Tages glaubte er die Lösung für sein Problem gefunden zu haben. Thorodd nahm seinen Mantel und verließ schon sehr früh den Hof. Durch den hohen Schnee begab er sich zu der Hütte der Völva Thorgrima. Er klagte der Zauberin sein Leid und bat diese, sie möge einen Schneesturm heraufbeschwören, in dem der Widersacher umkommen möge, wenn er wieder sein Weib besuche. Er entlohnte die Völva gut, und diese versprach, seinen Wunsch zu erfüllen. Und als wenige Tage später Björn Asbrandsson die Thurid besuchte und er des Abends den Heimweg antrat, verdunkelte sich der Himmel. Alsbald begann der Schnee zu fallen! Erst nur wenige kleine Flocken, doch dann brach das Unwetter über dem Kamb-Bauern los. Er kämpfte gegen den Sturm an, und dieser wehte ihn fast hinfort. Björn sah die Hand vor Augen nicht mehr und verirrte sich, sodass er nicht mehr wusste, ob er noch auf dem rechten Weg war. Da fand er einen Felsüberhang, der ihm ein wenig Schutz bot, und hier ließ er sich nieder. Durchnässt und frierend harrte er in der Höhle aus. Drei Tage und drei Nächte tobte der Schneesturm, ehe sich der Himmel endlich wieder aufklarte und er erschöpft den Heimweg fortsetzen konnte. Die Bewohner des Hofes fragten den Bauern, wo er denn die ganze Zeit gewesen sei. Björn besann sich der Träume, die er im Schlaf in der kalten Höhle gehabt hatte. Träume der Schlachten, die er als Jomswikinger ausgetragen hatte für den schwedischen Kronprinzen Styrbjörn, und von der

Niederlage, die ihnen König Erik von Schweden an den Ufern der Fyris bei Uppsala beigebracht hatte. So antwortete er:

    Mein Tun pries in Tönen
    Man bei Stybjörns Banner
    Eh'rnen Helmes Erik
    All das Volk zu Fall bracht,
    Hin schritt ich jetzt die Heid,
    Im Hexensturm verwechselnd alle Steg,
    Und elend irrt ich durch die Wildnis.

*

Die restliche Zeit des Winters verbrachte Björn auf seinem Hof in Kamb, doch als das Frühjahr kam, setzte er seine Besuche bei der schönen Thurid fort. Und der Froda-Bauer war der Verzweiflung nahe, denn er fürchtete, zum Gespött der Nachbarn zu werden, die sicherlich schon hinter vorgehaltener Hand über ihn lachten.

Im Frühsommer dann lud er seinen Schwager, den Goden Snorri, zu einem Gelage auf seinen Hof. Dieser kam der Einladung gerne nach und kam mit acht Männern im Gefolge auf das Gastmahl. „Es ist eine Schande für mich, mit ansehen zu müssen, wie dieser Asbrandsson auf meinem Hof ein- und ausgeht, wie es ihm beliebt", klagte Thorodd seinem Schwager sein Leid. „Dies geht auch dich an, Snorri, denn Thurid ist deine Schwester und von deinem Blut. Ich bin wohl zu schwach, dem Björn gegenüberzutreten, denn all meine Bemühungen, ihm beizukommen, waren ohne Erfolg!"

„Hat das denn immer noch kein Ende mit diesem Kerl aus dem Breidafjord?", fragte der Gode wenig erfreut, und sein Schwager schüttelte den Kopf. Einige Zeit blieb Snorri mit seinem Gefolge auf dem Hof seines Schwagers, und er sprach auch seiner Schwester ins Gewissen.

Das Sippenoberhaupt tadelte die Thurid für ihr Verhalten und hieß sie, endlich die Schmach für ihren Gemahl zu beenden. Das Weib aber wurde böse, schließlich sei der Björn ihr nur in Freundschaft verbunden.

„So, und der Sohn, der auf deinem Hof umherläuft? Ist er wirklich der Sohn des Thorodd?", fragte Snorri wütend. „Er sieht ihm wenig ähnlich!"

Da weinte das Weib und schwor, kein Wort mehr mit Snorri zu wechseln, solange dieser auf dem Hof weile.

Bald darauf verabschiedete sich der Gode von seinem Schwager und ritt mit seinen Männern nach Norden, denn die Lavabucht war sein Ziel. Dort lag sein Schiff, mit dem er zurück nach Helgafell segeln wollte. Der Weg an die Küste führte ihn über die Ländereien des Björn Asbrandsson, nicht weit des Kamb-Hofes. Da zügelte Snorri sein Pferd und sprach zu seinen Männern: „Ich will jetzt dem Asbrandsson einen Besuch abstatten. Und ich sage euch, dass es meine Absicht ist, den Kerl zu töten, sollte sich mir die Gelegenheit dazu bieten!" Die Männer sahen ihren Anführer erstaunt an, aber sie nickten zustimmend. „Doch dies wird sicher nicht einfach, denn der Breidavikkämpfer ist ein mutiger und kampferprobter Mann. Und sicher hat er auch einige kriegerische Knechte auf seinem Hof, die es wissen wie man ein Schwert oder eine Axt benutzt", sprach der Gode warnend. Er sah den Mar an, der ein Gesippe war, und sprach zu diesem gewandt: „Während ich mit dem Kamb-Bauern ein Gespräch beginne, wirst du dem Björn eine Wunde beibringen. Aber die Wunde muss ihn zu Tode bringen. Denn ein verletzter Wolf ist ein grimmiger Kämpfer!"

„Jaja, ich weiß!", winkte der Mar ab, als sei es eine Kleinigkeit den Björn zu töten. „Du Narr!", schimpfte Snorri. „Mit dem Kerl ist nicht zu spaßen!"
Als die Reiter näher an den Hof kamen, wähnten sie sich im Glück, denn Björn war damit beschäftigt einen Heuschlitten zu reparieren, und er war allein.
Der Bauer war auch nicht bewaffnet, nur eine kleine Axt und ein Messer zum Schnitzen hatte er bei sich, als die Reiter die Wiese herunter geritten kamen. Björn hatte die Männer sofort erkannt, denn er kannte den Snorri Thorgrimsson gut, und dieser ritt den anderen voran. Der einstige Jomswikinger war klug genug, um zu wissen, was nun kommen würde.
Die Männer zügelten ihre Pferde, und Snorri stieg als erster aus dem Sattel. Da machte Björn einen Satz nach vorne, noch ehe der Gode von Helgafell ein Wort gesprochen hatte. Er ergriff den Ärmel seines Kirtels und zog den Mann zu sich heran. Nun hatte er den Snorri fest im Griff, und die Klinge des Messers lag an dessen Kehle. „Sei mir gegrüßt, Snorri Thorgrimsson", sprach Björn ruhig. „Sei auch du mir gegrüßt", sprach Snorri leise.
„Nun, ich kann mir den Grund deines Besuches schon denken. Aber glaube mir, am Abend dieses Tages wird der Thorodd ohne Schwager sein, wenn du an deinem Vorhaben festhältst!" Die Stimme des Bauern blieb weiterhin ruhig und klang sogar freundlich.
„Es sieht wohl so aus", entgegnete der Gode mit der Klinge am Hals. Da zog der Mar sein Schwert und wollte sich auf den Björn stürzen, doch die anderen hielten ihn zurück, und so legte er sein Schwert nieder. „Ich will von meinem Vorhaben ablassen und gebe dir mein Wort, Frieden zu halten, Björn Asbrandsson!" Mit bebender Stimme sprach Snorri die Worte, da löste der Bauer seinen Griff.

Der Thorgimsson fasste sich an den Hals, doch er war ohne Blut. „Höre, Björn, es steht mir der Sinn nicht nach einem Sippenzwist, aber du bringst meine Schwester in einen schlechten Ruf. Solltest du an deinem schändlichen Tun festhalten, wird kein Weg daran vorbeiführen, dass Blut fließt! Bist du aber bereit, mir zu schwören…!"
„Wie soll ich dir etwas schwören", unterbrach Björn den Snorri, „von dem ich nicht weiß, ob ich es einhalten kann? Zu groß ist die Versuchung, denn die Thurid lebt nicht weit von hier!"
„Nun, Björn, du bist ein freier Mann, hast weder Weib noch Kind! Was hält dich hier? Du könntest dir auch woanders einen Wohnsitz suchen!" Da sah der Snorri aber, dass Björn zögerte, und so schlug er diesem vor, dass er keinen Nachteil haben sollte, wenn er den Hof seines Vaters veräußern würde.
Da zeigte sich der Asbrandsson einverstanden und versprach, die Thurid nicht mehr zu behelligen. So trennten sich die Männer in Frieden, und Snorri setzte seinen Weg zur Lavabucht fort, um heim nach Helgafell zu segeln.
Bald darauf stach auch Björn Asbrandsson in See. Steuerte sein Schiff hinaus in die offene See und nahm Kurs nach Osten.

*

„Wikingerwelten" Band I

„Wikingerwelten" ist eine Sammlung von historischen Begebenheiten und nordischen Sagen, die durch die Phantasie des Autors noch einmal zum Leben erweckt werden.
Er erzählt die Geschichte wie aus dem Norweger Rollo, der Begründer der Normandie wurde oder von einem bekehrungswütigen Priester der auf Island sein Unwesen trieb. Von dem jungen Grönländer Leif Eriksson, der einer Erzählung folgend, fünfhundert Jahre vor Columbus das Land entdeckte, das man heute Amerika nennt. Und er erzählt die Lebensgeschichte des heidnischen Wikingerkönigs Olaf, der zum überzeugten Christen wurde und versuchte sein Land unter dem neuen Glauben zu vereinen.

*

„Wikingerwelten Band I"
Broschiert, 140 Seiten, 8,99€ / E-Book 5.99€
ISBN: 978-3-8391-1877-1

„Wikingerwelten" Band II

„Wikingerwelten Band II" ist die Fortsetzung einer Sammlung von historischen Begebenheiten und bedeutenden Ereignissen aus der Welt der Wikinger, die durch die Phantasie des Autors noch einmal zum Leben erweckt werden.

Erzählt wird die Geschichte einer Fehde zweier Sippen in Dänemark, von einem frechen Skalden am Hofe des Norwegerkönigs, von der schönen Schwedin Sigrid und dem unglücklichen Harald Gudrödsson und auch von der Leichenfeier eines Warägerkönigs. Die Geschichte der Vinlandfahrten des Thorfinn Karlsefni Thordarsson und der Freydis Eriksdottir, sowie von dem Riesen Loki, der in Asgard unter den Göttern lebte.

*

„Wikingerwelten Band II"
Broschiert, 140 Seiten, 8,99€ / E-Book 5.99€
ISBN: 978-3-8423-3610-0